U0124245

好話一牛車

臺灣勸世四句聯

林仙化 著

市長序

盛開鳳凰木上的文學風華

　　歲月流轉，日月交會，坐看山海萬象，背倚天地群山，如此得天獨厚的天然條件下，臺南文學得以耕植其中，一方面吸收不同背景的精萃人文，同時又廣納多元的獨特觀點與創意，建構出如登百岳之宏觀視野，及萬丈氣魄的風骨精神。當文人提筆劃開天際，小至地方的一草一木，大至島國划向世界的一槳一舟，歷史正依著蜿蜒的河道，在名為「時間」的長河上流淌向前。

　　文化局按一年一輯所出版的「臺南作家作品集」，一直以來力將作家們筆下如此寫意之風景，編撰成冊付梓成書，體裁多樣既不失對地方文史的關注，亦讓不同語種的書寫聲響，更為臺南打下穩固的基底，帶來幅員廣闊的藝文生態，成為城市的未來願景裡，最不可或缺的一塊。

　　今年的作品選輯特邀延平詩社暨南瀛詩社社長陳進雄與夫人吳素娥，兩位長期致力於古典詩創作的詩人伉儷精選佳作《儷朋／聆月詩集》；辛金順以流暢雅緻的文風，紀錄府城的閑靜與緩慢步調的散文集《光陰走過的南方》。

　　楊寶山以「噍吧哖事件」鋪陳所寫之長篇小說《流離人

生》，深具生命意涵；有「龍崎草地博士」之稱，臺南鄉土文學的奇人林仙化，長年致力於四句聯的創作，以民間歌謠書寫人生經驗的《好話一牛車──臺灣勸世四句聯》，以及陳榕笙深具在地特色，體現對自然生態關注的少兒文學作品《台南囝仔》。

臺南，擁有底蘊深厚的文化記憶，無論置身於懷舊的街廓巷弄，抑或是漫步在當代建築與歷史古蹟之間，仍處處可見因時代更迭所保留下的深刻軌跡。人文史料是地方發展的源頭，世代傳承的文人作家，因感悟人生而寫下的部部經典，宛如浩瀚無際的星系中，最耀眼的文學星辰。

天地有大美，文人寫作不輟，運筆揮毫對生命之感念，萬物皆有靈，為其採集而盡收筆底。或聽賢者仕紳的巧思妙語，或看文人雅士的意到筆隨，對土地所抱持的那份豐沛情感，凝縮成了書頁中的字字珠玉，如引數道靈光，穿透一座城市的表與裏，而歷代的文學風華，彷彿年年滿溢盛開的鳳凰木花，層層堆疊爾後扶搖而上，飄散出古都的韻味芬芳，甫走過開花結實的十年，如今將又邁入另一個精彩十年。

臺南市　市長

黃偉哲

局長序

南風霽月　筆墨生花

　　文人聞松風而落筆，夜觀水月成文章，文學書寫宛如征途萬里、攀爬千山百岳，日月積累而形塑出有其山勢、山形之文風，將大處所見的宜人山水，落上紙捲化作繁花；文化，從土地誕生，富含底氣的草根精神，成為孕育作家創作的肥沃養分。自古迄今，口傳與書寫作為一種見證的方法，紀錄並傳播關於這片土地上，隨時間更迭的歷史演進，與細處可見的溫暖人情。

　　今年出版的「臺南作家作品集」已進入第十一輯，共收錄五部文壇作家們的精心傑作：《儷朋／聆月詩集》為兩位資深古典詩的創作者，延平詩社暨南瀛詩社社長陳進雄，與夫人吳素娥合著的詩集選，以詩文描繪各地的絕美風貌，亦有蘊含對人文土地的雋永情懷；《光陰走過的南方》是出生於馬來西亞的著名詩人、作家辛金順，在進駐「南寧文學‧家」時期寫下的著作，文筆如行雲流水，曾經駐足府城的足跡身影躍然紙上，恣意奔馳於文字之間，使人玩味流連。

　　《流離人生》的作者楊寶山，以地方文史為寫作切角，再將「噍吧哖事件」鋪陳為文學小說，人物對話穿插臺華雙語，

敘事分明亦可見其深刻之觀點，留存在人們舊時記憶中，因時空背景下，萌生而出的求生意志，得以藉情節的推進，詮釋出人生的流離感慨。

《好話一牛車——臺灣勸世四句聯》，臺南「龍崎草地博士」林仙化，以象徵臺灣民間文學與口傳瑰寶的四句聯，用勸世歌謠的形式，融入禮俗文化與世間百態，鄉土文學的奇人，不僅致力於推廣母語，更重視倫理教化的面向；《台南囡仔》的作者陳榕笙，長期專注於少兒文學的寫作，將書寫與在地的連結當作為使命，選集中除了體現鄉土情懷與人文素養之外，活用小說創作的想像之力，把自然生態的知識趣味，注入到故事當中，無論逆境或順境，光明的未來依舊在前方靜靜等待。

南風再次吹起，作家文人仰屋著書，採集這座城市的過往今來，以詩文將眼所見、心所想付諸實行，歷經四季洗禮而越發茁壯，十年有成如絕美大闊的山岳景致，因新舊時代的思想碰撞，而抬升出屬於「文學」特有的山脈地勢，夜空下，文字如鑽石般璀璨耀眼，指引愛好之人，穿越重重的雲霧森林，始登上文學之巔，俯瞰古都伴歲月流轉，以時光熬煮出的沈香之味，盡收書冊扉頁之中。

臺南市政府文化局　局長

主編序

老幹茁長盼新枝——
臺南作家作品集第十一輯

　　臺南作家作品集的出版編輯已經行之有年,每年為優秀的臺南文學創作者出版他們心血結晶的佳作,多年下來也因此累積出不少傑出的文學創作,包括詩、散文、小說、劇本、歌謠、文學評論等。這些創作因為要求作者或者生長於臺南,或者就學、工作、就業於臺南,書寫者在字裡行間與情感意識間,自然包涵有各式各樣的臺南在地風土民俗、人情物事與在地故事。筆者這幾年很榮幸都有機會擔任評選工作,也在多年的閱讀中,累積了對臺南越來越深廣的認知,不僅收穫良多,也樂在其中。

　　本期出版作家作品集共五冊,包含辛金順《光陰走過的南方》、林仙化《好話一牛車——臺灣勸世四句聯》、楊寶山《流離人生》、陳榕笙《台南囡仔》,以及陳進雄、吳素娥合著《儷朋／聆月詩集》(依姓名筆畫序)等。

　　其中辛金順是畢業於成大中文系,在臺灣取得博士學位的馬來西亞籍留學生。詩和散文過去不論在臺灣或馬來西亞都曾獲獎無數。這部散文集《光陰走過的南方》主要收錄其分別於二〇一九與二〇二〇年七、八月間兩次進駐南寧文學家時所創

作的作品。分「巷弄時光」、「古蹟行止」、「味蕾鄉愁」、「一
路走過的背影」等四輯，或記錄在府城巷弄遊走的時光，或書
寫臺南歷史行跡與變遷，或挖掘舌頭下深層的味覺記憶，包含
臺灣與馬來西亞飲食方式的比較等，或寫出其觀察的人情世
態、人物行跡。筆觸綿邈舒緩中常帶有蒼涼的深情，擅長在過
去之我與現在之我間對詰轉位，以究問時間的意涵，並摘取時
光中的記憶零件，重探今昔的接縫路徑，其抒情記事的才情，
寫出了府城的慢與閒，更寫活了臺南巷弄的尋常生活，贏得評
選委員一致讚賞。

　　其次，林仙化為出身臺南龍崎的奇人，長年致力於四句
聯的創作和發揚，重視母語和倫理教化。不但善於信口捻來，
即興創作傳承傳統民間智慧的四句聯，也是在地竹編彩繪能
手，有「龍崎草地博士」之稱。四句聯是臺灣民間文學和口語
文學的瑰寶，這種出自民間卻又講究對句押韻的文字藝術，對
某些人來說或覺過於工整機巧。但好的四句聯要抓住一般大眾
的心，卻不僅靠音韻諧洽、對仗和美就可以畢其功；而是在連
字綴句間，需能掌握住常民生活的精微奧妙，出人世態倫常的
理情縫隙，讓人同意點頭，甚至豎指稱道。林仙化此一輯中字
句多半平易簡樸，有的甚至稚拙到讓人笑倒，但正是這些俚俗
莞爾處，既具現了最接地氣的人情日常，又隱藏著時代社會的
轉變，諸如「有人足愛食重鹹，無鹹桌頂眾人嫌，做人新婦有
夠忝，大家大官蜇蜇唸」，就全然在表達遇到難伺候的公婆，
當媳婦的非常辛苦的疼惜，與一般認知會強調孝道至上的預期
全然不同。其次，書中有不少首寫及軍中生活的細節，如「人

在軍中心在家，緊急集合烏白捎，電火轉甲無半葩，鞋仔穿了毋著跤」、「半睡半醒目睭花，陷眠行路煞飛飛，步銃一時無當揣，外褲無穿戴鋼盔」，傳神演繹軍旅生活，讀來也可謂妙趣橫生。傳統四句聯多為勸世詩文，讀來有時難免帶點封建味道，這本書裡雖然也有這類勸善懲惡的題材，但不少更是對現代科技過度發達的批判，也就是即使傳統仍帶著科學反思的視野。也因此，這是一本既能表現現代思維，又捍衛著傳統老靈魂，值得讚賞的通俗文學創作。

又，楊寶山一直是說故事的能手，長年致力以文學呈現地方文史，尤其多年來書寫不斷的噍吧哖事件相關故事，包括一九九五年由臺南縣立文化中心出版的《我家住在噍吧哖》、二〇一四年由臺南市政府文化局出版的長篇小說《噍吧哖兒女》等，收入本次作家作品集的《流離人生》也是以噍吧哖事件為背景延伸而出的故事。他曾自述自己為「噍吧哖事件」受難者後代，家族中有包括曾祖父及家族祖先共七人因該事件遇害，造成家族姓氏與血統大變異。故鄉人寫故鄉事，在楊寶山身上可以得到相當程度映證。有些歷史雖然不以作者家鄉龜丹為主，但卻因經歷相同的事件影響而會有很能貼印的情感共鳴。這本小說與楊寶山另一短篇〈招羅漢腳仔〉及《噍吧哖兒女》有著同樣背景，甚至〈招羅漢腳仔〉與《流離人生》女主角亦同樣名為「張江氏蕊」。這幾個故事都因為噍吧哖事件死傷慘重，許多男丁被殺，致使鄉里普遍缺乏男丁的勞動人力，粗重的活無人做，因此有了「招羅漢腳仔」的事件為小說重要元素。而本書建立在由此一噍吧哖事件後女主角「招羅漢腳仔」

不成後衍生的悲劇。在傳統倫常觀念的束縛，與主角人物性格的固執彆扭下，造成後代對自己血緣的困惑無知。這些讀來極為封建保守的故事聽來似乎難以想像，但距離現今也不過百年，也仍深刻地影響著家族與後代子女。

另外，陳榕笙《台南囝仔》收集陳榕笙多年來書寫的少年、兒童創作小說，與散文專欄文章等兩大類。小說多為過去在「臺南文學獎」、「府城文學獎」、「南瀛文學獎」等得獎作品，散文與專欄文章則多為其在《國語日報》、《中學生報》、《幼獅文藝》、《中華日報》、《聯合報》繽紛版或相關兒童文學雜誌已發表的文章。陳榕笙雖以兒童文學為主，但筆下人物除可見看顧廢棄大樓的警衛、從經營婚紗店到小鎮咖啡館到最後經營檳榔攤的社會「魯蛇」、檳榔攤老闆的兒子等，這些人物的故事場景多發生在海濱荒村，彷彿可以嗅聞到出身佳里的作者自小就是「住海邊的」。海邊長大因此有許多的奇遇和大海訴說的哲理，比如擱淺的鯨魚、黑色有著巨大背鰭的劍旗魚、大海的規矩等。這些作品雖然篇幅有限，卻頗能帶出臺灣西南海濱特有的氛圍，而他們的人生也反映了臺灣社會接近底層人物的市井日常。

其中〈夜奔〉尤其是篇帶有甜美奇幻色彩的少年小說。小說將時空設定在近四百年前的蕭壠半島，西拉雅孩子麻達焦立烈和麻達邦雅一起追逐一隻傳說中山裡的大白鹿神獸，隨後一位從葡萄牙人船艦上下來大員搬貨的非洲黑人巴布，和漢人「三哥」又加入。他們一起追逐大白鹿的行動後來為荷蘭傳教士甘治士所知，建議他們乾脆來場臺灣首次的「國際馬拉松大

賽」。四人最後真的合力划著舢板船，在島與島之間前進，傳遞手中聖火和甘治士交待要帶給熱蘭遮城長官的書信。故事最後他們神奇地目睹海水變桑田，馬路、路燈、高樓大廈四處林立於眼前，這帶有未來想像的臺灣現代場景。卻因為腳下沙洲突然劇烈搖晃，聖火掉落海中，傳遞工作並未完成。但小說末尾丟出大白鹿的訊息，要西拉雅人的兩位麻達少年把內海孕育的文化與傳說永遠流傳下去，「就像永遠奔跑的麻達，一路上總會遇到志同道合的好夥伴」。此一內容扣應佳里一帶北頭洋善跑的飛番故事，也是一篇充滿臺灣未來寓意的故事，特別耐人尋味。

最後，本輯收入邀請的資深仿儷詩人陳進雄、吳素娥合著古典詩作《儷朋／聆月詩集》。陳進雄為臺南歷史悠久的延平詩社暨南瀛詩社社長，長期致力於古典詩創作與推廣，對保存臺南古典詩社傳統卓有貢獻。而古典詩壇稱為「素娥姐」的詩人吳素娥，詩作亦不見遜於夫君。此次古典詩合集所收，多兩人攬勝、采風、贈答、題詠等應時感懷之作，包括五律、七律、五絕、七絕，甚至竹枝詞等，為夫妻兩人多年創作的精華。有心人可以細加體會。收錄古典詩人創作也是向過去長期創作的古典詩人們致敬的意味。

古典詩文類目前書寫者少，傳承不易，自然因為時代易換，文體也因之代變。然以今觀古，同樣登樓攬勝，臨風遠望，古人今人同樣能喚起天地悠悠、物我相繫的懷抱，情感的傳達不會因為文體的不同而有差異。對景抒情，文字間又往往能見出詩人的性情特質。對照夫妻兩人詩作，便能發現兩人不論詠史、紀事、即物寫景、即景抒情，均有可以並觀之處。如

陳進雄兩首〈蓮花〉:「翠扇紅衣不染塵,亭亭出水態嬌新。相憐盡日知誰是,夢穩鴛鴦葉底親。」及「淤泥不染逞嬌姿,玉立亭亭出水時。我比濂溪痴更甚,幾疑仙女步蓮池」;與吳素娥這首〈白荷花〉:「幽香縷縷影參差,玉蕊水姿映碧池。疑是凌波仙子舞、鴛鴦葉底喜相隨」,兩人寫蓮用詞與意象略近,均清新有味。而陳進雄有〈鹿耳春潮〉:「桃花浪捲海門東,鹿耳沉沙蹟未空。記得英雄鏖戰地,驅荷霸業弔孤忠」;吳素娥也有〈鹿耳觀潮〉:「濤風鹿蕩春風,放棹人來夕昭紅。劫後鯨魂今已杳,臨流憑弔鄭英雄」,可以見到夫妻琴瑟合鳴的精彩。但整體而言,陳進雄詩作較多時事感懷,包括最新的疫情、兩岸關係、民主議題,均嘗試入詩;而吳素娥則相對較多寫夫妻、親子,女性視角。如吳素娥這首〈女騎士〉:「楚楚衣冠看整齊,乘來摩達出香閨。娥眉大有英雄氣,馳遍名山興未低。」直接將女性騎乘摩托車也可以馳遍名山的不讓鬚眉之氣表達得颯爽帶勁。夫妻的各自性情,從詩的表現上,亦可見出端倪。

　　這次收入輯中都是耕耘有年,有一定資歷的創作者,在恭喜這些資深創作者的作品出版之餘,也期待未來能看到更多臺南更年輕、傑出,志於創作的在地人才優秀作品陸續出版,讓老幹茁壯、新枝發芽,蔥蘢繁茂,生生不息,不斷豐富臺南文學的園地。

國立成功大學臺灣文學系副教授

廖淑芳

《好話一牛車》推薦序·一

好「話」一牛車 好「康」一世人

　　初識仙化兄，彷彿遇見「採菊東籬下，悠然見南山」的現代陶淵明。他出身臺南龍崎，是傑出農民，也是一位藝術家與文學家，更是社區健康的營造者。

　　仙化兄創作的四句聯不計其數，本書收錄許多饒富生活哲理的作品，內容更涵蓋醫藥、飲食、衛生、保健等領域，不僅反映社會、表現人生，也深具養身、養生的教育意義。

　　身為醫療工作者，尤其欽佩仙化兄總能把艱澀的醫學名詞、錯綜複雜的學理，以道地的台語、精簡的字句，轉換為人人都能琅琅上口的四句聯。這樣的衛生教育，寄情鄉土卻不失時尚。雅俗共賞又易於傳唱，常令人會心而難忘。

　　本人擔任成大醫院院長期間，積極發展偏鄉社區醫療，當時在龍崎區衛生所張前護理長碧蓮引介下，見識了仙化兄名聞遐邇的四句聯功力及鄉土文化藝術的底蘊。他不僅為成大醫院在龍崎區長照服務據點的老人共餐服務「福祿食堂」揮毫提辭，也曾創作「樂齡飲食」、「安寧緩和醫療」等多首膾炙人口的四句聯，信手拈來「油鹽醬料重口味，食了過頭身體虛」、「糖分若是食傷濟，引響健康討攑枷」、「自然往生叫

安寧，插管摧殘叫酷刑」、「不求好生求好死，氣數該終不留時」……字字淺顯，卻發人深省；句句簡短，卻深植人心。

　　欣聞仙化兄的大作即將集結成冊，由臺南市政府文化局付梓出版，感念他長期以來對社區健康營造的卓越貢獻，特此書序推薦，誠摯希望本書發揮金玉良言的力量，讓本土語言源遠流長，也為社會大眾傳遞健康！

國立成功大學醫學院附設醫院前院長

楊俊佑

謹識　二〇二一年六月卅日

《好話一牛車》推薦序・二
臺灣鄉土文化寶典

　　龍崎素有「采竹之鄉」的美譽，農特產及民俗技藝多和竹有關，其中最為著名的代表人物即是頂港有名聲，下港有出名的「草地博士」──林仙化老師。

　　林老師的油畫及竹編彩繪，不僅重現昔日農村生活的點點滴滴，其生動的筆觸，更讓筆下人物栩栩如生、躍然於紙上。近年來，林老師更醉心於鄉土四句聯的研究，以詼諧逗趣、結合時事創作的勸世四句聯，表達對鄉土的關懷、對社會的關心。

　　「肺炎殘酷閣無情，警消人員傱無停，全民向恁來致敬，百姓無殃國太平。」

　　「朋友做伙愛相楗，一句母語一份情，族群互相相尊敬，創造台灣好前程。」

　　「福氣並非在邊疆，待人處事愛有量，幫助 人多分享，善惡到頭論吉凶。」

　　林仙化老師以弘揚臺灣鄉土文化為己任，並視「母語傳

承」是全民共同責任。作品「好話一牛車」可說是集趣味、教化、鄉土情懷、家事、國事、天下事於一身的臺灣鄉土文化寶典，將閩南語文化之美和有緣人分享與傳承。

龍崎區區長

顏振羽

《好話一牛車》推薦序・三

一世人的正業

　　熟似仙化先已經二十幾冬矣，干焦知影伊會畫圖寫字做竹編、恁人迌迌看風景，閣會恁宋江陣做主委、寫四句聯仔講好話，但是猶毋知影伊的正業是咧做啥貨。

　　仙化先隱居龍崎的深山林仔內，一直過著閒雲野鶴的生活，佇遮修練的，毋是少林、武當十八般武藝，而是台灣鄉土四句聯仔，寫甲不止仔濟，會當冰冰箱送人客，閣會當出冊提去菜市仔賣，有的就款來牛埔農塘共人唸咒語做解說，予人客笑甲吭跤翹（khōng-kha-khiàu）跋落去椅仔下。

　　四句聯仔是台語文學的一部份，四句講一个故事、一个代誌、一个想法、一个感覺，當中有笑詼（tshiò-khue）有消遣，嘛有一寡諷刺佮哲理，押韻好讀、趣味順口，會予人笑對心肝頭入去，甚至會笑甲流目屎，彼毋但（m̄-nā）是同感的「會心一笑」，有當時仔是一種感動。按呢的文學特色，仙化先攏掌握甲誠好，寫甲誠紲拍（suà-phah），這把功夫毋是三年五年挺好練成的，無十冬八冬是看袂著成就的，仙化先用一世人的經營，骨力寫，拚命寫，徛（khiā）咧寫，跔（ku）咧寫，日也寫，暝時嘛咧寫，寫甲「日月暗無光，天地混蕩

蕩」，咱才有福氣通讀著遮爾仔濟，遮爾仔好，閣遮爾仔趣味的四句聯仔。

《好話一牛車》講是「勸世」四句聯仔，但內底有誠濟佮咱的日常生活、個人修養，佮咱的社會行踏、做人處事，甚至佮咱安身立命的人生哲學有關係，簡單的句讀（kù-tāu），平常的文字，卻是蘊含誠深的哲理。咱輕鬆仔讀、快活唸之餘，應該愛想會著仙化先的辛苦創作。

仙化先隱居深山林內，看的是曠闊天地，想的是現實的社會；其實，寫四句聯仔才是綴（tuè）伊一世人的正業。

知名民俗研究者

目錄

作者前言

一、

林家世居佇山內，落地生根無求財。
雖然環境有較穩，文化延續對遮來。

仙化筆名叫若龍，踮佇台南龍崎鄉。
推廣台語有方向，無啥讀冊好參詳。

細漢行路來讀冊，毋是跮崎著蹽溪。
攏褪赤跤無穿鞋，出門著愛認跤蹄。

過溝著愛行竹橋，溪埔沙是有夠燒。
拄著吊橋足勢遙，囡仔驚甲攏疶尿。

畢業轉來燒火碳，窯內流汗外面寒。
爸囝拍拼為飯碗，感冒草頭薅來煎。

山頂無電點燈火，暗時寫字目睭花。
大人做啥攏愛綴，竹編雙手攏摺皮。

自細趣味是畫圖，揣無師傅無敝步。
只好塗跤做畫布，無筆著用火炭箍。

退伍油漆做學徒，放去鋤頭揣出路。
色料㴘甲規條褲，較贏做穡鼻田塗。

二、
油漆工課誠大堆，有時塔架夯樓梯。
跍懸跍低畫山水，主家看甲喙開開。

早期篾器做竹編，竹扇頂頭寫惜緣。
囡仔拍蠓頭頕頕，阿公攑咧練話仙。

丹青和我蓋有緣，無師自通自苦練。
全國巡迴去表演，互相交流種福田。

首創彩畫佇竹編，放棄青春佮少年。
各展聯展數十遍，鄉土歌詩意綿綿。

台灣鄉土四句聯，是我多年的苦練。
為著傳承寫文獻，留予後輩青少年。

台語複雜真無幸，只好參考教育部。

向望先賢相照顧，互相討論求進步。

好言好語寫規部，攏是勸善批評無。
看了互相鬥相報，家庭美滿萬事和。

母語種子著愛掖，推出好話一牛車。
費盡心思落去寫，伴手送禮毋免賒。

世間情

sian--á hó uē tsit gû tshia
先 的 好 話 一 牛 車
tâi uân pó tó siōng sî kiânn
台 灣 寶 島 上 時 行
hōo lí pah thiann to bē ià
予 你 百 聽 都 袂 厭
siau tû phî lô khì hong siâ
消 除 疲 勞 去 風 邪

註解：作者推出台語勸世四句聯《好話一牛車》這部書，是時下寶島最流行、好話連連、百聽不厭的創作，在這混渾不清的社會裡，值得全民共同探討及台語文化的傳承，是茶餘飯後的好題材。「先的」是一般民眾對某種專業人士的稱呼。

kù tāu tshián tshián tiōng ngóo lûn
句讀淺淺重五倫
hó thiann hó kì koh ē sūn
好聽好記閣會順
uán lī pòk lik bô sè khún
遠離暴力無細菌
tāi tāi thuân hōo lán kiánn sun
代代傳予咱囝孫

註解：詞句淺而易懂，是為人處事的座右銘，唸起來很順暢，
遠離暴力而沒有任何毒素的感染，要留給我們子孫一代一代地
傳承下去。

sì kù ah ūn tsò kau liû
四句押韻做交流
biâu siá jîn sing ê kám siū
描寫人生的感受
hōo siōng kóo lē sio gián kiù
互相鼓勵相研究
tâi uân bó gí ài pó liû
台灣母語愛保留

註解：本書以押韻逗趣的四句聯詞句，分享社會的人情冷暖、
為人處世。父母恩、兄弟情、朋友義……等等，相互鼓勵，把
先民留傳的語言和智慧，永久保留下去而不被遺忘。

hiān tāi siàu liân tsiâu khue hâi
現代少年齊詼諧
tiān náu tshiú ki tī tshiú lāi
電腦手機佇手內
bih tsāi pâng king khuànn sè kài
覕在房間看世界
lōng huì tshing tshun kah tsînn tsâi
浪費青春佮錢財

註解：現代少年花樣很多，整天沉迷在手機及電腦上，時代的
產物是文明的寫照，但適用當工具，不要當玩具，謹慎使用，
才不會影響學業、工作及日常作息而浪費社會資源。

lâng lâng tshiú ki thua leh lù
人人手機拖咧鑢
m̄ bián pòo tshân ȯh kang hu
毋免佈田學工夫
tē kiû ē tàng tòng guā kú
地球會當擋偌久
sî kàu pȯk tsà piàn hué hu
時到爆炸變火烌

註解：科技不能當飯吃，雖然帶來方便，也能造成糜爛、奢
侈。不去學一技之長，整個地球能撐多久，到時候缺少勞動
力，糧食缺失，一旦爆發，災厄將降臨，是值得深思的。

tsi̍t ki tsāi tshiú sió sîn sian
一 機 在 手 小 神 仙
bē hiáu tshau tsok ngē beh liān
袂 曉 操 作 硬 欲 練
khah tshám tshing tiâu suh a phiàn
較 慘 清 朝 欶 鴉 片
bô bí thang tsia̍h siōng khó liân
無 米 通 食 上 可 憐

註解：一支手機在手快樂如神仙，不會操作的也不得不學習，
比清朝染上鴉片毒癮更厲害，到時候沒人耕作、沒有食物，誰
來憐惜！

lông gia̍p sî tāi siu ji̍p kē
農 業 時 代 收 入 低
khioh lâng kū sann tshīng phuà ê
抾 人 舊 衫 穿 破 鞋
tsi̍t tiâu bīn kin kong ke sé
一 條 面 巾 公 家 洗
hiunn hué phāinn leh tsa̍p guā ê
香 火 揹 咧 十 外 个

註解：農業時代生活困苦，收入很低，都撿別人的舊衣服來
穿，光著赤腳或穿破鞋，住在偏遠地區醫療不便，有病求神托
佛，求取廟宇的香火掛在胸前，以示驅魔除病，祈求身體健
康、家庭平安，俗稱「平安符」。

toh tíng iû tsho ū kòu tsió
桌頂油臊有夠少
sann tǹg tsiàh bô tsit tǹg sio
三頓食無一頓燒
han tshiam tuà pn̄g kiann lâng tshiò
番簽帶飯驚人笑
tshut mn̂g kiânn lōo kuè tik kiô
出門行路過竹橋

註解：小時候桌上沒有好菜餚，三餐沒有一餐好的，帶到學校的便當是番薯簽煮的，怕被人取笑，飯盒不敢掀開。出門總是遇到竹便橋，不像現在上下課有人專送，有營養午餐，生活在現代的人真的要懂得惜福知足。

kang gia̍p siā huē khah tsìn pōo
工業社會較進步
tshut mn̂g khui tshia kha lī thôo
出門開車跤離塗
san tin hái bī ji̍t ji̍t póo
山珍海味日日補
kau tsè ìng siû tshuē tshut lōo
交際應酬揣出路

註解：工業社會進入科技時代，出門以車代步，生活大有改變，穿得好吃得好，交際應酬頻繁，希望能得到升等或更好的待遇。其實，實力勝過交際，高攀之舉未必是成功之道，許多企業家是靠歷練而有所成就。

　　m̄ thang khì hiâm sin tsu kē
　　毋通棄嫌薪資低
　　pênn kha khiā kú sī lán ê
　　棚跤徛久是咱的
　　lâng kóng îng lâng bô îng tē
　　人講閒人無閒地
　　kó sit beh siu tshân ài lê
　　果實欲收田愛犁

註解：看戲只看一半，不知道結果，意指沒有毅力也是事倍功半。不要計較薪資高低，經驗較重要，一旦經歷豐富，公司行號就會重用你，也就有好未來，有希望的原動力，腳踏實地，努力耕耘，成功掌握在自己手上。

　　kok hâng kok giạ̍p tsiạ̍h thâu lōo
　　各行各業食頭路
　　lóng ū bô nāi kah bû koo
　　攏有無奈佮無辜
　　pa kiat tíng si sio uàn tòo
　　巴結頂司相怨妒
　　uānn lâi uānn khì bô tsiân tôo
　　換來換去無前途

註解：踏出社會想要就業，在現實的環境裡，各行各業、機關團體、公司行號都有類似情況：老職員輕視新員工，又巴結上司，如果你看不慣就很想離職，這就錯了，只要堅守崗位，主管都有看到，以後升遷的機會就是你的。

thâu ke sin lô ài sio kīng
頭家辛勞愛相楗
í tshiúnn uî ke sio khan sîng
以廠為家相牽成
tshin tshiūnn pē kiánn sio tsun kìng
親像爸囝相尊敬
ti bó nā puî khah ū ling
豬母若肥較有奶

註解：勞資之間要互相扶持與照料，像父子一般，尊重對方，雙方是一體的，資方有成就，勞方就有福利，相輔相成，俗語說：「豬母若有奶，豬仔囝著有奶通啉」，這句話滿有道理。

m̄ thang sū giap tng leh ōng
毋通事業當咧旺
bí lú tshuā khì siàn tang hong
美女焄去搧東風
ng ng iap iap tsū àm sóng
掩掩揜揜自暗爽
tsit khuán tsa bóo ài thê hông
這款查某愛提防

註解：不要在事業發展時，有些成就，就遺忘初衷，放棄家庭，沉迷在外遇之中，暗通款曲，家庭出現裂痕，接觸到這種女人要特別注意，尤其是少年得志，親近你也許有其他的目的。

ing hiông lân kuè bí jîn kuan
英 雄 難 過 美 人 關
san bîng hái sè tī tshoo luân
山 盟 海 誓 佇 初 戀
ngiâ sin khì kū tsîng lân tuān
迎 新 棄 舊 情 難 斷
kám tsîng tsè bū hîng bē uân
感 情 債 務 還 袂 完

註解：世界上有許許多多的男人落入女人的圈套，英雄難過美人關，情人眼中出西施，初戀的誓言豈可當真？誤入情網，剪不斷理還亂，感情債一輩子還不完，到最後人財兩空，奉勸男士朋友切記！

tsiú bah pîng iú toh tíng tsē
酒 肉 朋 友 桌 頂 濟
khǹg lán ē puè mài siunn bê
勸 咱 下 輩 莫 傷 迷
put tān siong kuann gāi sin thé
不 但 傷 肝 礙 身 體
tú tio̍h tāi tsì sio e the
拄 著 代 誌 相 挨 推

註解：吃喝玩樂的朋友，桌面上多得很，年輕朋友千萬不要去留戀，交際應酬酒喝多了傷肝害身體，遇到真的有事都會遠離而去，社會上有許多例子都看得到，值得我們警惕。

pîng iú ū iân lâi tsò hué
朋友有緣來做伙
tsīn liōng mài kóng tuā siann uē
盡量莫講大聲話
sńg tshiò kóng liáu nā tshiau kuè
耍笑講了若超過
tian tò hōo lâng khuànn lí sue
顛倒予人看你衰

註解：朋友之間在一起不要誇大言論，只靠嘴巴講大話，日子
久了終會被人瞧不起，講話是一門藝術，損人利己的言語盡量
避免，多讚賞別人的優點和才華，更能親近情誼。

nā ū tāi tsì hó tsham siông
若有代誌好參詳
kóng uē m̄ thang sio tiòng siong
講話毋通相中傷
hōo siong kìng ài sio thé liōng
互相敬愛相體諒
ka tîng lȯk tshù tsāi kî tiong
家庭樂趣在其中

註解：大小事情要商量，不要有挑撥行為，互相尊重、體諒對
方，這個家庭一定和睦而快樂，使人不悅的口語會累積仇恨，
互相懷疑，引起爭議，最後不歡而散。

tióng puè sī tuā beh kòo ke
長輩序大欲顧家
îng sū m̄ bián tshap siunn tsē
閒事毋免插傷濟
pó ióng kiān khong kòo sin thé
保養健康顧身體
hīng hok kòu bué sī lán ê
幸福到尾是咱的

註解：奉勸長輩們要顧好這個家，兒女長大後要相互尊重，不
必多管閒事而氣壞身體、自找麻煩。當兒孫成群時，要給予自
己的空間，好好規劃自己後半段美好的人生。

tshin tsîng kim tsînn bô tè uānn
親情金錢無地換
siunn kuè khut kiông lāu koo tuann
傷過倔強老孤單
jîn tsîng sè sū ài puānn nuá
人情世事愛盤撋
tsînn tsò tsím thâu mā ē kuânn
錢做枕頭嘛會寒

註解：親情是金錢換不來的，情緒太過倔強不能圓融，年紀大
了身邊的人會漸漸遠離，為人處世要相互交流。孤獨棲身，錢
多也沒用，人生也就這樣虛度了。

siōng kài kong pênn sī sî kan
上 蓋 公 平 是 時 間
tiòh ài tin sioh mài tāi bān
著 愛 珍 惜 莫 怠 慢
pá ak ki huē m̄ thang tán
把 握 機 會 毋 通 等
kiânn tshut pó kuì jîn sing kuan
行 出 寶 貴 人 生 觀

註解：時間是最寶貴的，要好好珍惜它，等什麼呢？趕快捲起
袖子，美麗人生在等你喔！堅強是弱者最堅韌的武器，要有意
志力才能得到成功的果實。

siā huē kīng tsing ê sî tāi
社 會 競 爭 的 時 代
ài khò sit lik piànn bī lâi
愛 靠 實 力 拚 未 來
m̄ thang gīah hiunn tuè lâng pài
毋 通 攑 香 綴 人 拜
kok hâng kok giáp ū bú tâi
各 行 各 業 有 舞 台

註解：商場是競爭的，有實力才有未來，要有開發的潛力，不
要盲從或仿冒他人，各行各業都有發揮的空間，有創意才有競
爭力，仿冒毀商譽，不法得利，觸犯法律，終究被唾棄！

sió hōo tsiâp lȯh mā ē tâm
小雨捷落嘛會澹
khe tsuí lâu kú ē sîng kang
溪水流久會成江
pháinn thih mā ē piàn kim àng
歹鐵嘛會變金甕
san tin hái bī tsit pé tshang
山珍海味一把蔥

註解：小雨常下，會有足夠的水份，小溪流集多了會成江河，雖然是不起眼的爛鐵，積少成多，垃圾也會變黃金，高貴的菜餚如果少一根蔥，也不能展現好特色，所以說，天生我才必有一用。

hȧk lik lân tshut tsiōng guân tsâi
學歷難出狀元才
láu sit kóo ì khah sit tsāi
老實古意較實在
uán lī tham tȯk ê sè kài
遠離貪瀆的世界
it ki tsi tióng tsáu thian gâi
一技之長走天涯

註解：高學歷創業的人並不多，經驗豐富老實的反而受人傾慕，不要想一步登天，一技之長也能創造機會，許多企業家、運動家、藝術工作者，學歷有的不盡理想，但仍是有美好的一片天。

bûn jī ē tàng siá jîn sim
文字會當寫人心
tsiù tsuā bē tàng piáu tsin tsîng
咒誓袂當表真情
jîn tsîng sè sū tshiūnn pòo kíng
人情世事像布景
tsin tsin ké ké hàk būn tshim
真真假假學問深

註解：文字能夠表達真意，但山盟海誓未必表示真情。人生百態，有如演戲的布景，隨著劇情而變化，冷酷無情，世間事並不單純，有如不肖的政客，表裡不一，是不值得學習的。

lán lâng tsit jit tsit jit lāu
咱人一日一日老
sî kan tshin tshiūnn tsuí leh lâu
時間親像水咧流
it sing pau iông bô kè kàu
一生包容無計較
kuì jîn tsū jiân jip lán tau
貴人自然入咱兜

註解：時間如水流一般，一去不回。人生短暫，時時警惕自己，能接納別人的意見，在人際關係或職場上，成功是於我們的，放棄比較就是知足，生活也過得自在。

sè kan tsiām sî lâi tshit thô
世間暫時來迌迌
uī tiòh ka tîng kāu phun pho
為著家庭厚奔波
ka kī sin thé kòo hōo hó
家己身體顧予好
bàk tsiu kheh liáu pah hāng bô
目睭瞌了百項無

註解：人到這個世界是短暫的，為了家庭事業四處奔跑，保重自己健康最重要。生離死別難以避免，一旦離開雙手空空、一無所有；看開點吧！

jîn sing té té sòo sip tsáinn
人生短短數十載
kut làt thàn--tiòh khiām khiām khai
骨力趁著儉儉開
lōng huì sî kan siōng bô tshái
浪費時間上無彩
tsuì sing bōng sí tsînn bē lâi
醉生夢死錢袂來

註解：短短人生中，辛苦賺錢也要節儉，不要浪費時光，自甘墮落最要不得，沒有家產怪祖宗，沒賺錢怪政府，考試不好怪選錯科系，怪東怪西，只怪自己不努力。每天醉生夢死，財神爺不會來的。

tham pîn nng jī sio tsiap kīn
貪貧兩字相接近
m̄ thang tòng tsò tsînn siōng tshin
毋通當做錢上親
pîng iú lí nā m̄ siong sìn
朋友你若毋相信
muî thé sī leh pò hô jîn
媒體是咧報何人

註解：貪跟貧只有一念之差，不要把錢當做萬能的，人千萬不
要有貪的念頭，假使你不相信的話，許多身敗名裂的頭銜，都
會出現在媒體報章雜誌上。

su tiúnn kà sī lán ài ȯh
師長教示咱愛學
tsun tiōng sī tuā ȯh hàu tō
尊重序大學孝道
tsiap siū phue phîng kai sī pó
接受批評皆是寶
tshù pinn thâu bué tit jîn hô
厝邊頭尾得人和

註解：師長教誨是學習的指南，尊重長輩學會孝道，廣納別人
的意見，是踏入社會的寶典，左鄰右舍，敦親睦鄰就是成就的
根源，未來國家的棟梁。

tshong bîng siông pī tshong bîng gōo
聰明常被聰明誤
tsū ngóo ì sik gōo tsiân tôo
自我意識誤前途
uî puē siông lí tian tò lóo
違背常理顛倒惱
kang san ī tsú kim piòn thôo
江山異主金變塗

註解：自作聰明的人往往太過執著，不接受別人的意見，違反
人情義理也不配合時下應景，結果打垮得來不易的江山而毀滅
了美好的前程。譬如：勞資雙方要有溝通的管道，才不會損失
雙方的權利。

lân tit tshut sì tsāi sè kan
難得出世在世間
tiông sing put nóo khah khùn lân
長生不老較困難
mài khì kè kàu gâu hân bān
莫去計較勞頂顢
tsiah ū khuài lo̍k jîn sing kuan
才有快樂人生觀

註解：難得來到這世界，生老病死是難以避免的，不要羨慕別
人的成就，或低估自己的能力。錢是身外之物，要務實工作，
不必攀龍附鳳、趨附權勢，過著快樂而有價值的人生。

tuì tiȯh ē puè ê kàu tō

對著下輩的教導

sī hui hun piȧt ài un hô

是非分別愛溫和

nā sī tsîng āu lâi tian tò

若是前後來顛倒

tsing ka tshòng siong put jû bô

增加創傷不如無

註解：對下一代的教育要有明事理、辨是非的真諦，以身作則。不明是非會造成社會傷害，身教重於言教，家庭教育重於學校教育，學校教育重於社會教育，未來的主人翁，需要家長的關懷與教導。

siā huē lú lâi lú piàn hîng

社會愈來愈變形

pē bú hōo lán tsiȧh tuà tshīng

爸母予咱食蹛穿

m̄ thang kah lâng tshia puȧh píng

毋通佮人捙跋反

hó hó pò tap pē bú tsîng

好好報答爸母情

註解：科技進步，社會偏離倫理道德跟孝道，但，為人父母不計辛勞，擔起一家棟梁，給孩子最好的照顧跟關懷，一點一滴，都托付在孩子身上，做人要曉得反哺，力求上進，報答父母養育之恩。

hiann tī tsí muē ài kāng sim
兄 弟 姊 妹 愛 仝 心
bān hāng tāi tsì tàu sio kīng
萬 項 代 誌 鬥 相 楗
m̄ bián uàn thàn pháinn khuân kíng
毋 免 怨 嘆 歹 環 境
hô lo̍k siong tshú thôo sîng kim
和 樂 相 處 塗 成 金

註解：兄弟姊妹能相處在一起是上天所賜予的緣份，在同一個
屋簷下，不論在家庭或事業上，要同心協力，互相力挺，也不
要怪罪環境差，不要氣餒，「天生我才必有一用」，廢土也會
變黃金喔！

pē bú sin khóo uī kiánn tshiânn
爸 母 辛 苦 為 囝 晟
tsuân bô uàn giân bô puànn siann
全 無 怨 言 無 半 聲
tuā hàn tsò hué lâi phah piànn
大 漢 做 伙 來 拍 拚
sîng ka li̍p gia̍p hó mâi siann
成 家 立 業 好 名 聲

註解：為人父母辛苦養育兒女長大，從來沒有半句埋怨和心
酸，踏出複雜的社會要知恩圖報，共同攜手合作，為這個家奠
定美好的聲譽，進而成為社會上有用之才。

sè kiánn m̄ thang siunn thíng ài
細囝毋通傷寵愛
sóo huì tshiú tshun tsînn tō lâi
所費手伸錢就來
tuā hàn hòng tōng bô tsú tsái
大漢放蕩無主宰
pàng sak ka tîng put ing kai
放揀家庭不應該

註解：少子化的社會對小孩不要太過寵愛，要花要用手伸就有，無適當限制，養成放蕩的習慣，長大後造成不知節儉、依賴別人，淡忘父母養育之恩，和家庭漸行漸遠，而走向法律邊緣。

ka tîng sū giáp tsik jīm tāng
家庭事業責任重
m̄ thang tham luân sio tsiú phang
毋通貪戀燒酒芳
hua ke liú hāng nā beh tsàm
花街柳巷若欲蹔
sî kàu bóo kiánn tuè pa̍t lâng
時到某囝綴別人

註解：家庭事業責任非常重，不要貪戀杯中物及聲色場所，要堅定立場、嚴守崗位，在職場上立足，如果有點成就而糜爛交際應酬、醉生夢死，遲早會妻離子散。

lân tit hu tshe tsit sè tsîng
難 得 夫 妻 一 世 情
thuân tsong tsiap tāi ū sú bīng
傳 宗 接 代 有 使 命
kok iú khóo thiong kah tshú kíng
各 有 苦 衷 佮 處 境
ka tîng hô lòk khò king îng
家 庭 和 樂 靠 經 營

註解：來得不易的夫妻情感，傳宗接代要有使命感，各人處境不同，能夠互相體諒，以包容的心融入生活中，多鼓勵、少責備，在互信的架構上，謀求家庭和樂。

tshiú tsiok tsi kan tsîng tshim tshim
手 足 之 間 情 深 深
hōo siong tsiòu kòo hok kàng lîm
互 相 照 顧 福 降 臨
pē kiánn bó kiánn sio tsun kìng
爸 囝 母 囝 相 尊 敬
ka tîng bî buán bān sū sîng
家 庭 美 滿 萬 事 成

註解：兄弟姊妹的淵源最深，不要意氣用事，胳臂向內彎，大夥相互照料，財神爺會自動入門而鴻運年年；父子母女能溝通，同甘共苦，美滿的家就屬於我們的。

hue âng liú lik ē sè kài
花 紅 柳 綠 的 世 界
gōo jip kî tôo tshi tshám tāi
誤 入 歧 途 悽 慘 代
pē bú sim sū suî liáu kái
爸 母 心 事 誰 了 解
tshiú phō hâi jî lí tō tsai
手 抱 孩 兒 你 就 知

註解：在這個錯綜複雜的世界裡，許多年輕人不聽教誨，誤入歧途，受到法律制裁；出入法庭、媒體揭露，父母的心痛及無奈，要等到你為人父母，手抱幼兒時才能體會到，每個孩子都是父母的心頭肉。

bān hāng tāi tsì ài tsún pī
萬 項 代 誌 愛 準 備
hun bió pit tsing mài iân tî
分 秒 必 爭 莫 延 遲
muí jit tsá khùn ài tsá khí
每 日 早 睏 愛 早 起
it jit tsi kè tsāi î sîn
一 日 之 計 在 於 晨

註解：做每樣事情都要有充分的準備，而且分秒必爭，早睡早起，呼吸新鮮空氣，有精神又有活力，自己的作息別人無法代替，俗語說：「一年之計在於春，一日之計在於晨」，先馳得點是成功最好的時機。（辰時為早上七點至九點）

sè kan tsit lâng kiânn tsit piòn
世 間 一 人 行 一 遍

ē tàng tsò hué sǹg ū iân
會 當 做 伙 算 有 緣

ka tîng hô lȯk kong ke ián
家 庭 和 樂 公 家 演

tsiah ū hó ê uân kiat phinn
才 有 好 的 完 結 篇

註解：來到世上，每個人只有一次，能生活在一起要珍惜得來不易的緣份，一個和樂圓融的家，要扮演各自的角色，長幼有序，互相扶持，才有美好的結局。

成功之路

sî kan bô tsîng ji̍t ji̍t lāu
時間無情日日老
jîn tsîng gī lí tio'h ài lâu
人情義理著愛留
sió khuá tsia̍h khui mài kè kàu
小可食虧莫計較
tsò lâng m̄ bián kiông tshut thâu
做人毋免強出頭

註解：時間是無情的，人生一天一天地老化，為人處世的道理
要多多學習，寬待他人，也是為自己鋪路，俗語說：「人情留
一半，日後好相看」，吃虧就是占便宜，計較不如比較，多留
給別人好印象，也會帶來就業成功的機會。

hîng siān pīng hui kiû bîng lī
行善並非求名利
m̄ bián khuànn ji̍t kah khuànn sî
毋免看日佮看時
hōo siong kuan huâi sim tsi̍t phìnn
互相關懷心一片
tsik siáu sîng to kám tōng thinn
積少成多感動天

註解：做好事行善佈施，並不是求名求利，出自在內心一點信念和真心誠意，隨時隨地就可隨所欲為。社會各角落都有為人不知的弱勢團體及個人待人協助，關懷別人無關財物多寡，能給他心靈的改變就是最大的安慰。

lâng lâng lóng ū tsi̍t ki tshuì
人人攏有一支喙
hó giân hó gí bē tsia̍h khui
好言好語袂食虧
ok giân ok gí nā bīn tuì
惡言惡語若面對
iā sī siu sim hó hîng uî
也是修心好行為

註解：每個人都有一張嘴巴，好言好語不會吃虧，遇到不悅的言語，也能以平常心看待，就是修心養性的好行為，週遭的人自然會親近你。

lâng kóng sim bái bô lâng tsai
人 講 心 穩 無 人 知
tshuì bái tsiànn sī tshi tshám tāi
喙 穩 正 是 悽 慘 代
kò sìng nā bái tiòh ài kái
個 性 若 穩 著 愛 改
tō sī siā huē hó jîn tsâi
就 是 社 會 好 人 才

註解：善惡在心中沒人知道，但嘴巴硬會得罪人，脾氣急躁如果能隨即改掉，也是社會一個有用的人才。「放下屠刀，立地成佛」是最好的寫照，不是嗎？

sîn kî khí kuài sim thâu luān
神 奇 鬼 怪 心 頭 亂
tsing sîn bē an kāu tshau huân
精 神 袂 安 厚 操 煩
khì tû tsàp liām pháinn sip kuàn
棄 除 雜 念 歹 習 慣
khuan sim thāi jîn tì huī kuân
寬 心 待 人 智 慧 懸

註解：迷信鬼神心裡不安而煩躁，這種不好的念頭盡量避免，檢討自己寬待他人是智慧的根本，心情雜亂，影響作息，也是課業、事業的絆腳石。

thāi jîn tsi tō hô uî kuì

待人之道和為貴

khuànn khui sè tsîng bô sī hui

看開世情無是非

sim kāu huâi gî tō ū kuí

心厚懷疑就有鬼

pàng jiō kiáu sua bē tsò tui

放尿攪沙袂做堆

註解：「和」是待人之道，平常心就是自在，不會惹來麻煩，懷疑他人心裡就有鬼，這種人在社會上不能和群，終究會被社會排斥，走上必敗之路，後悔莫及。（放尿攪沙袂做堆，指沒有凝聚力。）

pîng an tō sī thiam hok siū

平安就是添福壽

bián uī tsînn tsâi to tam iu

免為錢財多擔憂

m̄ guān hù tshut ké iu siù

毋願付出假優秀

kiû sîn thok hut lân bán liû

求神託佛難挽留

註解：平安就是福，不要為了錢財太過憂慮，不願付出，光說不練，沒有好的理想，求神拜佛也是徒勞無功，信仰只是精神的寄託，而不是生活的全部。

hok khì pīng hui tsāi pian kiong

福氣並非在邊疆

thāi jîn tshú sū ài ū liōng

待人處事愛有量

pang tsōo pa̍t lâng to hun hióng

幫助別人多分享

siān ok tó thiô lūn kiat hiong

善惡到頭論吉凶

註解：福報就是在自己的身邊，待人處世不要斤斤計較，常在日常生活中警惕自己，助人的事誼同樂分享，是非分明，到人生的終點站，更能使人回顧到美麗的彩虹，就在你身邊。

ū tsînn sái huí ē e bō

有錢使鬼會挨磨

it san tsū iú it san ko

一山自有一山高

siān ok tó thiô tsiong iú pò

善惡到頭終有報

khò sè khi jîn huat lân tô

靠勢欺人法難逃

註解：錢是要看如何運用，不是萬能的，為人處世要有法律的規範，仗勢欺人，目無法紀，最終難逃法網制裁，而且現代複雜的社會裡都是現世報。

hō hok it tshè tsāi jîn uî
禍福一切在人為
uî hui tsò pháinn jiá sī hui
為非做歹惹是非
àm lōo kiânn kú tú tiòh kuí
暗路行久拄著鬼
tsuè āu ka kī ē tsiàh khui
最後家己會食虧

註解：人生總有個人的理想和抱負，成敗自己做主宰，俗語說：「暗路行久會拄著鬼」，枉顧王法，一旦事跡敗露，最後吃虧的不但是自己還連累家人。

tai uân sîn hùt ū kàu tsē
台灣神佛有夠濟
tuā ke sió hāng that tó ke
大街小巷窒倒街
bô lūn iâ soo iàh siōng tè
無論耶穌抑上帝
tsû pi phok ài kāng tsit ke
慈悲博愛仝一家

註解：台灣廟宇真的很多，遍布大街小巷，但，不管哪一門派的信仰都是以「善」為出發點，以「愛」為理念，拒絕邪惡，是各宗教團體的基本信念及目標。有少許私人宮廟以解厄斂財，使信仰被汙名化，是違背宗教信仰道德的行為。

sim lāi bû siâ sim tsū bîng
心內無邪心自明
m̄ bián hút sī khì tiám ting
毋免佛寺去點燈
kiû sîn thok hút pháinn tì ìm
求神託佛歹致蔭
put jû siān liām tiám sim ting
不如善念點心燈

註解：心裡無邪就是正，順天理、守規矩，合理規範的人，不必他鄉外里求神拜佛。人生造化看個人所做所為，一顆善良的心就是善心，勝過寺廟點燈，難如心願，能夠吃苦耐勞才能嚐到美麗的果實。

lân tit sè kan kiânn tsit piàn
難得世間行一遍
to tsik kong tik to hîng siān
多積功德多行善
si hui siān ok tsāi lí ián
是非善惡在你演
îng huâ hù kuì jû hûn ian
榮華富貴如雲煙

註解：世上萬物，難得投胎為人，多積功德，多行公益，善惡總在一念之間，在這形形色色的社會裡，被眼前的花花世界所引誘，許多現代人難以抗拒，而非法行為所得來的財富，來得快，去得更快。

lâng tsāi sè kan to hîng siān
人在世間多行善

sim tsûn siān liām kiat hó iân
心存善念結好緣

kóng--lâi lí iû sī tshián tshián
講來理由是淺淺

tsit liap siān tsí tsìng sim tiân
一粒善子種心田

註解：人在世上要多行善做好事，有善念就會帶來好的緣份，
為人不知的善舉是陰德，陰德會庇蔭子子孫孫，無形中也會帶
來好的果報，即使在馬路上撿一根螺絲或陪老人過路，也是功
德一件。

sam sim lióng ì bē an tīng
三心兩意袂安定

sì tshù pâi huê sim bē tshing
四處徘徊心袂清

sîn hut m̄ kánn lâi tsò tsìng
神佛毋敢來做證

it bû sóo tik sū lân sîng
一無所得事難成

註解：三心兩意而四處徘徊不定、心意不堅，自甘墮落而沒有
理想與目標，連上帝、佛祖都不敢掛保證而給予庇護，到最後
一無所成，空度一生，後悔為時已晚矣。

kò lâng miā ūn bô sio kâng
各人命運無相仝
bô hok tsáu tsông liáu gōng kang
無福走從了戇工
tshin tshiūnn bit phang bih kui òng
親像蜜蜂覕規甕
pī lâng tshú--khì tsit tiûnn khang
被人取去一場空

註解：每個人的命運出生就註定了，沒有福氣四處奔走也徒勞
無功，好像蜜蜂一樣，辛勞一輩子的蜂蜜被人採去了，白忙一
場。

m̄ sī hó giàh tō hó miā
毋是好額就好命
tshut mn̂g jip mn̂g sim kiann kiann
出門入門心驚驚
tsí iòu sin khu bô pēnn thiànn
只要身軀無病疼
tang sai lâm pak lōo hó kiânn
東西南北路好行

註解：有錢人未必能過好日子，出門怕搶，入門怕偷，沒有安
全感，只要把自己身體顧好，守住職場，外出旅遊，輕鬆自
在，日食三餐，夜眠八尺，何樂而不為呢？

ū tsînn ū sè bián tik ì
有 錢 有 勢 免 得 意
bô tsînn mā bián kuà sim si
無 錢 嘛 免 掛 心 絲
pah huè nî lāu tsah bē khì
百 歲 年 老 紮 袂 去
sin thé kiān khong bē hi bî
身 體 健 康 袂 稀 微

註解：有錢有勢不必太得意，沒錢沒勢也不要常掛心頭，反正
「生不帶來，死不帶去」，顧好身體才是最聰明的主意，留錢
櫃不如留智慧，終有一天你能體會。

mài kóng pàt lâng îng á uē
莫 講 別 人 閒 仔 話
tsit ki tshuì sī ná sái pue
一 支 喙 是 若 屎 桮
tsiàh tsit huè ài òh tsit huè
食 一 歲 愛 學 一 歲
lâng sí lâu miâ hóo lâu phuê
人 死 留 名 虎 留 皮

註解：勿說人之短，言多必有誤，尤其是親戚或鄰里的閒事，
不要亂批評人家，容易得罪人，俗語說「人死留名，虎死留
皮」，活到老學到老，活一歲學一歲，大家相互勉勵。「屎桮」
是早期擦屁股的竹片，意指胡言亂語。

pîng sî ài o̍h hó sìng tē
平時愛學好性地
sim hó tshuì bái tshut būn tê
心好喙䆀出問題
lí iû m̄ bián kóng siunn tsē
理由毋免講傷濟
giân to pit sit thó giâ kê
言多必失討夯枷

註解：人要學好脾氣，心好而嘴巴壞也會節外生枝，話講過頭
會引來不必要的麻煩而造成困擾，所以說待人處世要有好脾
氣，有理智的思維，因而帶來福氣，才不會自找麻煩。

jîn tsîng gī lí tuā sè sū
人情義理大細事
lóng ū mê kak kah kang hu
攏有鋩角佮工夫
tâi uân sió sió ē sio tú
台灣小小會相拄
tò thè tsi̍t pōo ài sàm sù
倒退一步愛三思

註解：為人處事，人情義理都有各種竅門和獨特的思維，住在
台灣這個小島上偶爾會相遇，不要跟人有結怨，凡事三思多一
事不如少一事，退一步風平浪靜。

mài tshap bô liâu îng á sū

莫　插　無　聊　閒　仔　事

kong pô sio tsènn lūn iânn su

公　婆　相　諍　論　贏　輸

pī bián kong tshin piàn sū tsú

避　免　公　親　變　事　主

kôo ioh bô hāu khí ioh tshu

糊　藥　無　效　起　藥　蛆

註解：不要多管閒事，公說公有理，婆說婆有理，化解紛爭我
們不是專業，無濟於事，公親難為，本以為一帖有效的特效
藥，結果引發反效果而惹禍上身。

sim tsûn siâ liām kāu huâi gî

心　存　邪　念　厚　懷　疑

uàn thàn siā huē bô tsîng si

怨　嘆　社　會　無　情　絲

hôo lí hôo thôo kuè jit tsí

糊　裡　糊　塗　過　日　子

tit tioh sim pēnn bô ioh i

得　著　心　病　無　藥　醫

註解：沒有正確觀念而疑神疑鬼，責怪社會無情理，整日異想
天開，這樣的生理狀態，是無藥可救的，要想出人頭地，難上
加難，該是反省的時候了。

tú tiȯh khùn lân sī tsìng siông
拄著困難是正常
hūn thinn uàn tē bô lōo iōng
恨天怨地無路用
nā sī uī lī sit hong hiòng
若是為利失方向
uî kui huān huat thian put tsiông
違規犯法天不從

註解：遇到困難是平生常見的絆腳石，怨天尤人是沒有用的，要找出解決的辦法，如果為了利益而迷失方向，違法亂紀，觸犯刑責，連老天爺也看不過去。

hó giân hó gí sī n̂g kim
好言好語是黃金
to ka lī iōng bān sū sîng
多加利用萬事成
m̄ bián siòu siūnn lâng tì ìm
毋免數想人致蔭
ē kóng bē tsò tsuá tâm ping
會講袂做紙談兵

註解：好言相勸的言語，每一句都是黃金，多加運用對各項發展都有極大的幫助，要牢記在心，不要太過依賴別人，靠人人倒，靠山山倒，如果有抱負而做不到就等於紙上談兵，枉費心機。俗語說：「倚人人倒，倚山山倒，倚豬稠死豬母。」

m̄ bián him siān lâng ū tsînn
毋免欣羨人有錢
sing uàh hó bái khǹg tsit pinn
生活好穤囥一邊
hi sing hōng hiàn sim tsit phìnn
犧牲奉獻心一片
pháinn ūn khah bē lâi tak tînn
歹運較袂來觸纏

註解：不要羨慕別人有財富，富裕貧窮先放一邊，心地善良，
慈悲喜捨，參與慈善活動，關懷弱勢，接觸社會有意義的團
體，遇到瓶頸自然有貴人相助。

khang sù bāng sióng bô tshái kang
空思夢想無彩工
hó lōo m̄ kiânn kiânn àm hāng
好路毋行行暗巷
pàt lâng tsiàh png lán tsiàh ám
別人食飯咱食泔
uàn thàn miā ūn tshòng tī lâng
怨嘆命運創治人

註解：整天異想天開，不守法規，不務正業，看別人成功卻怪
罪命運捉弄，社會上許多身心障礙者事業有成而得到獎賞，說
是奇蹟，那你為什麼不努力去尋找成功的機會呢！

uȧh tsāi tsū iû ê nî tāi
活 在 自 由 的 年 代
hua hua sè kài piàn tshi tai
花 花 世 界 變 痴 呆
am khàm sî kan bô tsú tsái
掩 崁 時 間 無 主 宰
sè thài iām liâng jiám tîn ai
世 態 炎 涼 染 塵 埃

註解：在這自由社會的年代，花花世界令人著迷，如果沒有時間觀念而浪費掉，在人情冷暖現實的環境裡，會被社會淘汰的，假使沉迷手機，天天追劇，美好的時光就白白消失了。

óng sū m̄ bián siông thê khí
往 事 毋 免 常 提 起
tsing ka thòng khóo kám siong pi
增 加 痛 苦 感 傷 悲
mài koh thîng liû tī kuè khì
莫 閣 停 留 佇 過 去
phah sǹg bī lâi sī liông i
拍 算 未 來 是 良 醫

註解：不要常常提起過去不如意的事，增加痛苦的回憶，要有勇氣打造未來，才是最好的決策。失意要檢討、前程要規劃，啟開原動力，追求美麗的理想與未來。

lōng huì sî kan tsiok iông ī
浪費時間足容易
sit khì tsin tsē hó sî ki
失去真濟好時機
bí lē tshái khīng tán thāi lí
美麗彩虹等待你
pá ak tshing tshun siàu liân sî
把握青春少年時

註解：平常浪費時間自己感受不到，美麗前景等著你去創造，你卻沒機會享有，憑空而去，每天空思夢想，財神爺也懶得理你，要好好把握現在，成功的路掌握在自己的手中。

bē hiáu sái tsûn hiâm khe èh
袂曉駛船嫌溪狹
pîn tuānn khan thua sit thâu tsē
貧惰牽拖穡頭濟
uàn thàn tsóo kong uàn tshù thèh
怨嘆祖公怨厝宅
sîng sū put tsiok gōo tsú tē
成事不足誤子弟

註解：自己能力不足而怪罪別人，偷懶怪事情多，怪上祖宗不靈，住宅風水不佳，成事不足敗事有餘，到最後變賣家產，不但毀了前程，也拖累子弟。

jîn tsîng gī lí lán ài tsai
人情義理咱愛知
miā ūn hó bái thinn an pâi
命運好穲天安排
m̄ bián khik ì miâ khì kái
毋免刻意名去改
sîn ki biāu suàn huì gî tshai
神機妙算費疑猜

註解：人情義理要知道，命運是出生時就註定好了，遇到不如
意，不必要刻意去改名，命如果能改變的話，請去監獄查一
下，有多少是改名後被關進來的，不要消耗精神，靠自己去努
力吧！

sit tik tsi tsâi to tam iu
失德之財多擔憂
hiau hīng kiông kiû lân bán liû
僥倖強求難挽留
thau lâng tshin thâu tuȧt kin niú
偷人秤頭奪斤兩
kiánn sun pò ìng bô bué liu
囝孫報應無尾溜

註解：沒有道德的財物花得不安心，不義強求很難守得住。生
意人不可偷斤減兩，要履行誠實信用，才有好果報，貪得無
厭，無論權勢官位，必遭天譴。老一輩的人常說：秤頭就是路
頭。

it liām tsi tsha sim thâu tiānn
一念之差心頭定
siān ok tiong kan lūn su iânn
善惡中間論輸贏
lông kûn káu tóng tsuân oo iánn
狼群狗黨全烏影
kong bîng tsìng tāi lōo hó kiânn
光明正大路好行

註解：善惡是成敗的關鍵，一念之差有毀譽之別，狼群狗黨是黑暗的天堂，治安的死角，光明正大才是成功的契機。奉勸年青朋友，誤入歧途者，切記長輩的教導。

海海人生

suán kí tsō sîng liáu siong hāi
選舉造成了傷害
lióng pāi kū siong thìnn kàng tsai
兩敗俱傷天降災
sim pîng khì hô khuànn sè kài
心平氣和看世界
siā huē an siông hok tsū lâi
社會安詳福自來

註解：全世界民主社會，經常選舉，競爭激烈，而且惡鬥，耗費國家資源，族群分裂，自我敵對，造成內憂外患。勝利者的歡呼，夾帶著仇恨，雖然是民主，也是無形的災難。如果能和平相處，重用人才，社會自然祥和。

huân sū m̄ bián kah lâng pí
凡事毋免佮人比
àm tiong tsōo jîn kiam pòo si
暗中助人兼佈施
gōng lâng mā sī ū hok khì
戇人嘛是有福氣
kuì jîn siông tī lí sin pinn
貴人常佇你身邊

註解：萬事不要跟人比較，比上不足，比下有餘，不必強出
頭。放下身段，有機會而不為人知的施捨就是福報。以平常心
看待時代的轉變，雖然跟不上科技，但為人樸實，力求上進，
貴人隨時都在你身邊。

jîn sim tshin tshiūnn kiànn tsit bīn
人心親像鏡一面
hîng uî phian tsha hō tsiūnn sin
行為偏差禍上身
kin kin kè kàu tsik uàn hīn
斤斤計較積怨恨
iú jû bîng kiànn jiám phû tîn
有如明鏡染浮塵

註解：人的心原本像一面明鏡，如果行為偏差而斤斤計較，不
但惹禍上身，而且累積怨言，離人群也會愈走愈遠。所以凡事
看開，幸福也會隨著來，這樣的人生就有光彩，也不會留下遺
憾。

m̄ thang kah lâng tsenn tē uī
毋通佮人爭地位
hóo lîng pà piu tsi̍t tuā tui
虎龍豹彪一大堆
it sing khîn khiām tsuân óng huì
一生勤儉全枉費
gîn hâng kuà hō it ti̍t tui
銀行掛號一直追

註解：不要為爭權奪利而交了一些江湖術士、黑白兩道，打垮
經濟來源、變賣田園，最後失去蹤影的例子時有所聞。不但吃
虧還得不到便宜，銀行的債務也沒人會替你償還。

tsi̍t kuan puàn tsit uī tâi uân
一官半職為台灣
tsun siú huat līng hó kuè kuan
遵守法令好過關
tham kuann ù lī kòo lâng uàn
貪官汙吏顧人怨
it sì kong bîng bān sì uan
一世光明萬世冤

註解：一官半職是國家給你的職權與任務，法律之前人人平
等，不要耍特權，尤其是當官者，要做人民楷模，不要知法玩
法。貪官汙吏會使百姓怨聲載道，一旦觸犯法規，前功盡棄，
要時時警惕自己，做人民的典範。

tshiú theh jîn bîn lap suè tsînn
手提人民納稅錢
peh bí tshing liâm tshuì tshuì tinn
白米清廉喙喙甜
hōng khǹg sè jîn lāu kah tsínn
奉勸世人老佮茈
siàu siūnn sian thô tsāi thinn pinn
數想仙桃在天邊

註解：雙手拿人民的納稅錢，要曉得感恩奉獻，在職場上不貪不取，生活比較單純舒適。盡量避免應酬，吃人嘴軟，小心上當，不要有違法或違背良心的舉動。要想一步登天，老天爺往往不會給你如願的。

tsit iūnn bí tshī pah iūnn lâng
一樣米飼百樣人
kò jîn lí sióng bô sio kâng
個人理想無相仝
kûn tsiòng hû tshî bô ún tang
群眾扶持無穩當
kàu bué pn̄g uánn suî lâng phâng
到尾飯碗隨人捀

註解：同樣是吃白米飯長大的，卻有不同的觀點和理念，靠群眾扶持的力量是短暫無情的，也會離你而去，大環境的驅使是自己掌握不住的，當掌聲不在時，你的抱負也會被一掃而空。

m̄ thang kah lâng pí kuân kē
毋通佮人比懸低
uân thàn ka kī tshīng phuà ê
怨嘆家己穿破鞋
ū lâng bô ê buâ kha té
有人無鞋磨跤底
sin thé kiān khong bô būn tê
身體健康無問題

註解：不要跟別人比事業或財富，自悲無能，但，有些在太陽下幹活的勞工朋友，雖然財富比不上別人，身體卻粗壯得很！身體健康就是最大的財富，因為政府不會來查稅！

ti siū m̄ tat káu siū ún
豬牢毋值狗牢穩
sè sū bû siông luān hun hun
世事無常亂紛紛
sim bû kuà gāi hó tsiah khùn
心無罣礙好食睏
khuan sim tshú sū jip jîn kûn
寬心處事入人群

註解：豬圈雖大，不如小狗的窩溫暖，世事變化多端，要拋去心理障礙，不貪不取，心安理得。不要把生活搞得很複雜，多接觸基層，接受建言，處世和諧，自然和樂。

kuè khì hong kong mài phîng lūn
過去風光莫評論
sann nî tsi̍t ūn hó pháinn lûn
三年一運好歹輪
mài koh tiû tû sim la̍p būn
莫閣躊躇心納悶
put tsing put tàu khah tan sûn
不爭不鬥較單純

註解：過去美好的時光把它當作回憶，「三年一運，好歹照輪」，不要徘徊當初的成就，不爭權位，不走法律邊緣，生活自然單純，俗語說：「人無千日好，花無百日紅」，不要每一個角色都非我不可，見好就收。

tsi̍t lâng lân sūn tsìng lâng ì
一人難順眾人意
jîn sing tsóng ū sit ì sî
人生總有失意時
tsò lâng tio̍h ài sūn thinn lí
做人著愛順天理
siunn kuè tsip tio̍k lo̍k sîng pi
傷過執著樂成悲

註解：個人的堅持很難接受大眾的想法，當失意時，要順著當下的時勢，太過執著的人反而得不到支持者，後果就是樂極生悲，有誰來同情呢？

tshing tê tām pn̄g tshiú lāi phâng
清 茶 淡 飯 手 內 捀
bô kāu bô poh sim khin sang
無 厚 無 薄 心 輕 鬆
it sing bô îng kàu bué tsām
一 生 無 閒 到 尾 站
bô kè bô kàu tsit sì lâng
無 計 無 較 一 世 人

註解：不求榮華，不求富貴，不爭地位，平凡過日子而無憂無慮，一生忙碌到終點，善解人情義理的人是快樂而有智慧的。

m̄ bián him siān hó giah lâng
毋 免 欣 羨 好 額 人
hue âng liú lik sio tsiú phang
花 紅 柳 綠 燒 酒 芳
sī sè beh tsiah m̄ tín tāng
序 細 欲 食 毋 振 動
sann tāi liap tsik it tāi khang
三 代 粒 積 一 代 空

註解：不必羨慕有錢人，如果有錢而漠視為人處世的原則，不加以自律，好簽、好賭、花街柳巷，行為不軌，後輩好吃懶做，到最後也會傾家蕩產，落得一場空。

ū tsînn m̄ ta̍t hó mn̂g hing
有錢毋值好門風
tshú lí tāi tsì ài píng kong
處理代誌愛秉公
jîn tsîng gī lí tiâu tiâu thong
人情義理條條通
ko kuann hián tsiok tsi̍t tsūn hong
高官顯爵一陣風

註解：一個家庭有善良的風俗習慣，勝過家財萬貫的富翁。做事要秉公處理，有人情義理、法治的理念，高官顯爵只是雲煙一散，掌聲過後，與平民一般，為人處世不必高攀，貪戀官位。

tsí ū lí lūn bô si̍t hiān
只有理論無實現
tinn giân bi̍t gí kóng kui phian
甜言蜜語講規篇
iú jû tsìng kheh kāu khi phiàn
有如政客厚欺騙
mā sī mài kóng khah tsū jiân
嘛是莫講較自然

註解：現代的社會很少政治家，只看到政客，高談理念、滿懷論述，甜言蜜語騙取支持者，空口無憑，光說不練的比比皆是，沒有能力的言語：「乞丐下大願」，還是少說為妙。一旦露出真面目，終究被支持者唾棄。

pîn tsiān m̄ sī kiàn siàu sū
貧賤毋是見笑事
ū tsînn mā ē piàn bóng hu
有錢嘛會變莽夫
tshing tshing pe̍h pe̍h tsò hó sū
清清白白做好事
khah hó uai ko kann ga̍k kū
較好歪哥監獄跍

註解：貧窮並非見不得人的事，有權勢有地位的人更會做出愚昧的動作。識時務、明是非、守法律，即便是清寒也比觸犯法律而被判入獄的知識分子更來得光榮，活得更有意義。

khóo tiong tsok lo̍k lâng him siān
苦中作樂人欣羨
tsīn khuànn îng huâ bīng iû thian
盡看榮華命由天
kam khóo nn̄g jī ū tshim tshián
甘苦兩字有深淺
lâi khì tsū jû sió sîn sian
來去自如小神仙

註解：在社會忙碌的環境裡，甘或苦只是呈獻自己的感受，命運也許是老天的安排，看破不如看開，貧富二字有深淺，自己去體會，不計較而知足，度日如神仙也！

tshing sim tsīng ióng khuànn hōo khui
清心靜養看予開
tê phang bô leh hun sù kuì
茶芳無咧分四季
tām khuànn sè jîn tsenn tē uī
淡看世人爭地位
pnḡ ám bóng thun mā ē puî
飯泔罔吞嘛會肥

註解：人生要看得開，少管後輩雜事，俗語說：「兒孫自有兒孫福」，不要跟別人比財富及地位：「世上為人如蜜蜂，飛向西來又向東。採得百花成蜜後，被人採去一場空。」

tú tio̍h khùn lân ài sîng si ū
拄著困難愛承受
hó bái mā ài tōo tshun tshiu
好穤嘛愛度春秋
pí khân pí kē pháinn póo kiù
比懸比低歹補救
sim bô kuà gāi bān sū hiu
心無掛礙萬事休

註解：人生遇到任何困難，都要能接受事實，好壞總是要過日子，比上不足，比下有餘，心裡不受到任何牽制和罣礙，就能過著無憂無慮的生活。

sè kiánn m̄ thang siunn thíng sīng
細囝毋通傷寵倖
sann tńg nn̄g uat phō lâi tsim
三轉兩越抱來唚
tuā hàn hòng tōng pháinn tshìng tshìng
大漢放蕩歹衝衝
tshap lí kuái á giah siang pîng
插你枴仔攑雙爿

註解：寵愛孩子是一般家長的常態，但不要太過呵護，一旦賞
罰無序、是非不分，長大誤入歧途而屢勸不聽、目中無人，即
便老態龍鍾、枴杖在手，也得不到孩子的關懷與照料。

miā ūn tshut sì tō tsù tiānn
命運出世就註定
m̄ bián sòo khóo hōo lâng thainn
毋免訴苦予人聽
khîn khiām kut la̍t khíng phah piànn
勤儉骨力肯拍拚
khah bián tshun tshiú tshuē tshin tsiânn
較免伸手揣親情

註解：命運也許出生就註定了，遇到挫折，不必對別人訴苦，
如果肯認真工作、勤儉節約，也可以有好的收穫，也不需要投
靠親戚朋友。俗語說：「有閒人，無閒地。」

miā bái lân ji̍p hù ka mn̂g
命穩難入富家門
sng khóo ka kī ài tam tng
酸苦家己愛擔當
oo hûn tsa̍h gue̍h thinn ē kng
烏雲閘月天會光
tshó bo̍k hông tshun siú ka hn̂g
草木逢春守家園

註解：命運不好難進富家門，只要能承受不測之災，擔當漂浮不定的事實，也有光耀門楣之望。雖然烏雲遮月，天亮後太陽依舊光彩，雨過天晴，守住家園也會綠葉生枝。

jîn sing hō hok thinn an pâi
人生禍福天安排
ū tsînn m̄ bián siunn hiau pai
有錢毋免傷囂俳
tshian bān kiau tshia bé lâi sái
千萬轎車買來駛
tòng bô tsi̍t pái tuā thian tsai
擋無一擺大天災

註解：人生的禍福，因緣而定，當你有錢有勢時，不要太過囂張。傲慢而氣焰逼人，千萬轎車億萬豪宅，揮霍奢侈，抵擋不過一次的天災。

jîn sing pik thài bān pah hāng
人生百態萬百項
suî lâng pn̄g uánn suî lâng phâng
隨人飯碗隨人捀
tsai tsiȧh tsai tsò tsai khin tāng
知食知做知輕重
bô huân bô ló tsit sì lâng
無煩無惱一世人

註解：社會百態，時時都有預想不到人、事、物悲歡離合，權
位及商場競爭，有些人脫離法律的規範，惹禍成災，不如自我
約束，做自己份內的事，三餐能夠溫飽，就不會虛度一生。

凡事三思

nā beh tshî ke ài khîn khiām
若 欲 持 家 愛 勤 儉
kà kiánn ài sang mā ài giâm
教 囝 愛 鬆 嘛 愛 嚴
tsò lâng sī tuā ài kiám tiám
做 人 序 大 愛 檢 點
m̄ thang kui kang sèh sèh liām
毋 通 規 工 踅 踅 唸

註解：勤儉是持家之寶，能夠在社會上立足，要有省吃儉用的
好習慣，教導孩子有時候要放鬆，但為人處世的原則要嚴格，
是非分明，不要整天碎唸不停，導致使孩子產生厭惡感，而且
言行舉止要有節制。

sī tuā ài ū hó bôo iūnn
序大愛有好模樣
sè kiánn tshin tshiūnn tsuá tsit tiunn
細囝親像紙一張
iōng sim khan kà ū hong hiòng
用心牽教有方向
siā huē puânn nuá khah kian kiông
社會盤攄較堅強

註解：為人父母要有好榜樣。孩子落地像白紙一般，要用心引導正確方向，家庭教育是為人根本的出發點，往後在人際關係、事業競爭比別人更有毅力和堅強的意志力。

lán lâng tshut sì tsāi sè kan
咱人出世在世間
sū sū jû ì khah khùn lân
事事如意較困難
ū lâng hó giàh ū lâng sàn
有人好額有人散
khik khóo nāi lô thâu tsit tsân
刻苦耐勞頭一層

註解：我們有福氣降生在人間，事事如意較困難，有人富裕也有人貧窮，不要把一生的成敗怪罪於命運的安排，刻苦耐勞，才是成功的第一步。

hó giân hó sí sio khuán thāi
好 言 好 語 相 款 待
ū tsînn m̄ thang oo pe̍h khai
有 錢 毋 通 烏 白 開
hōng kong siú huat bô pāi hāi
奉 公 守 法 無 敗 害
gâu sǹg m̄ ta̍t thinn an pâi
勢 算 毋 值 天 安 排

註解：對人講話要好言好語，相處和諧，不要隨意浪費錢財，
奉公守法不會傷風敗俗；斤斤計較、費盡算計，也抵不過老天
的安排。

tsò lâng bóo kiánn siú hū tō
做 人 某 囝 守 婦 道
sann kak luân ài kāu hong pho
三 角 戀 愛 厚 風 波
ka tîng tio̍h ài kòo hōo hó
家 庭 著 愛 顧 予 好
khînn ke khan kiánn hó tshù to
拑 家 牽 囝 好 處 多

註解：為人妻女要遵守婦道，移情別戀會惹出不測的風波，要
好好照顧家庭，也能兼顧丈夫事業的順利。

khǹg lán tsò lâng ê ang sài
勸咱做人的翁婿
guā kháu m̄ thang oo pẻh lâi
外口毋通烏白來
tāi tsì piak khang bô kong tshái
代誌煏空無光彩
sin bûn pò tō tảk ke tsai
新聞報導逐家知

註解：奉勸做人的夫婿，事業在外不要花天酒地，花紅柳綠（尤其是當官或富豪），一旦露出破綻，顏面無光，媒體報導人人皆知。

kau tsè ìng siû ài tsún tsat
交際應酬愛撙節
sin khu ū tsînn tō hiau pai
身軀有錢就囂俳
tshit jit tshut mn̂g tsit lé pài
七日出門一禮拜
tshe lî tsú sàn thinn kàng tsai
妻離子散天降災

註解：交際應酬，適可而止，身上有錢就覺得高傲，天天找理由不在家，導致妻離子散，災禍連連，自食惡果。（七日出門一禮拜是指天天找藉口應酬）

tsit kuá thâu ke tsînn tsin tsē

一寡頭家錢真濟

sè î tshuā leh kuí nā ê

細姨炁咧幾若个

tsâi sán sio tsenn ū tsîng lē

財產相爭有前例

huat īnn sio kò thó giâ kê

法院相告討夯枷

註解：有些老闆錢多勢大，三妻四妾娶了好幾位，最後財產分配不公，走上訴訟之路，兄弟姊妹變成仇人，在報章雜誌上出現很多類似的案例。

hó kiánn m̄ bián senn siunn tsē

好囝毋免生傷濟

tuā hàn kò kò lâi sîng ke

大漢個個來成家

pē bú nā lâi hiâm tìn tè

爸母若來嫌鎮地

khah su iú hàu koo tsit ê

較輸有孝孤一个

註解：好兒女不必生太多。長大後男婚女嫁，每個人都有一個家庭，父母一來都有各自理由，互相推辭，比不上只有一個孝敬父母的兒女。

hiann tī tsí muē ài háp hô
兄弟姊妹愛合和
hàu kìng pē bú sī jîn tō
孝敬爸母是人道
hōo i tshing sim lâi ióng ló
予伊清心來養老
ióng iók tsi un bē sái bô
養育之恩袂使無

註解：兄弟姊妹要協合，孝敬父母是天經地義的事，為了子女
一生勞碌，年紀大了要有一個讓他無憂慮的生活與環境，養育
拉拔我們長大的恩情要牢記在心。

tuì thāi kong pô ài pîng sūn
對待公婆愛平順
tsá àm mn̄g an hó tshuì tûn
早暗問安好喙脣
tsiáh lim ài ū in ê hūn
食啉愛有個的份
ū tinn ū khóo kong ke thun
有甜有苦公家吞

註解：不論是夫家或是娘家的父母都要好好奉敬，善言善語，
噓寒問暖，嘴巴甜有時比給錢花更好。大小聚餐也要備有長輩
的預算，這是持家的責任，尊重長輩的情份比燒香拜佛來得更
有價值。

nā sī ū îng khì tshài tshī
若是有閒去菜市
ài siūnn pē bú tshiânn ióng sî
愛想爸母晟養時
tām pȯh sio líng piáu sim ì
淡薄燒冷表心意
m̄ bián tshù tshù uī kiánn jî
毋免處處為囝兒

註解：如果去菜市場，要想父母養育之恩，帶點小吃表達心意，不要處處為兒孫著想，忘了父母的辛勞。去一趟菜市場，常聽到這孩子愛吃，那孫子愛吃，聽到老爸愛吃，老媽愛吃的倒是比較少。

hó giân hó gí tiȯh tsiap siū
好言好語著接受
sin guā tsi bȧt mài kiông kiû
身外之物莫強求
bê sìn tsong kàu bē tn̂g kiú
迷信宗教袂長久
thiu tshiam pok kuà thiam iu tshiû
抽籤卜卦添憂愁

註解：對於師長的教誨，要好好地接受和體會，了解真理，不屬於自己的身外之物不要去強求，強摘的水果是不甜的，強迫的姻緣也不會圓滿的。不要迷信宗教，宗教是精神的贊助，不是生活的全部。靠雙手，不要偷雞摸狗。

uē gí tshìn--lâi bô guā tāng
話語秤來無偌重
kù kù ē khì siong tiòh lâng
句句會去傷著人
sit giân tsiah lâi póo phuà bāng
失言才來補破網
kìng tsiú huàt tsiú lóng ài phâng
敬酒罰酒攏愛捀

註解：話語雖然不輕不重，但一不小心，處處都會得罪別人，
無論是三教九流，君臣或庶民，台上或台下，都要謹慎言行，
失誤才來補救為時已晚，無論是懲罰或誇獎都要承擔外界的質
疑。

nā ū tsit te pàng sái tē
若有一塊放屎地
m̄ bián tshùn tshùn lóng lán ê
毋免寸寸攏咱的
sió khuá khih kak pn̄g kuann sè
小可缺角傍官勢
sí liáu kang san pàt lâng ê
死了江山別人的

註解：自己擁有祖先遺留的土地，如有遇到慈善設施或開闢道
路，要好好協調溝通，不要寸寸皆金，斤斤計較而對簿公堂，
不歡而散，不但有損人際關係，也會讓人瞧不起。要記得：福
氣是留給有肚量的人。

jîn sing tsāi sè tshiūnn hì kiòk
人 生 在 世 像 戲 劇
put sî ham tsînn tsáu sio jiok
不 時 和 錢 走 相 逐
kuè jit tshiūnn leh tiám là̤h tsik
過 日 像 咧 點 蠟 燭
kìnn bīn lóng tī kò piàt sik
見 面 攏 佇 告 別 式

註解：人生就像一場戲，有喜有憂，不要跟錢財過不去，賺得
正常、花得正當，也不要去當守財奴。過日就像點蠟燭一樣，
一天一天消失，親戚朋友各自忙碌，聚少離多，要大夥聚在一
起，恐怕是在告別式上了。

sī sè tsiàu kòo ài kám un
序 細 照 顧 愛 感 恩
mài tshiam mài puàh khah tan sûn
莫 簽 莫 跋 較 單 純
hó giân hó gí bián lòh pún
好 言 好 語 免 落 本
hōo siong thé liōng hiáng thian lûn
互 相 體 諒 享 天 倫

註解：老人家有後輩子孫的照顧，要好好地感恩，這是難得的
福報，不要去簽賭當娛樂，要改掉不良的習慣，兒女相聚在一
起，好言好語是不必花錢的，家庭和樂才能共享天倫。

lûn lí tō tik tiȯh ài siu
倫理道德著愛修
bián uī lȯk phik tshuē lí iû
免為落魄揣理由
thinn lí kok huat ài tsun siú
天理國法愛遵守
lâu hōo sī sè hó tshun kiu
留予序細好伸勼

註解：人倫道理，生活中應遵循法則，要修身養性，不要為失
意成敗找理由，推卸責任、為自己辯解。客觀存在的道理及國
家訂定的法規，要去遵守；為人正直，留一個好的榜樣，給下
一代走更寬更遠的路。

miā ūn tsiok ài tsau that lâng
命運足愛蹧躂人
tann suann thūn hái liáu gōng kang
擔山坉海了戇工
khang su bōng sióng m̄ tín tāng
空思夢想毋振動
tsîng tshiú thȯh tsînn āu tshiú khang
前手提錢後手空

註解：命運很會捉弄人，有人用盡心思，挑戰不可能的任務，
結果白忙一場，有的空思夢想，想不勞而獲，不求上進，最後
敗興而歸，前手拿錢後手空，揮霍無止。

kok lâng phah piànn ū sú bīng
各人拍拚有使命
sī hui siān ok tsāi jîn sim
是非善惡在人心
siā huē kàu io̍k pháinn tì ìm
社會教育歹致蔭
gōo ji̍p hām tsénn hāi tsian tîng
誤入陷阱害前程

註解：在職場上，無論是士農工商，都有自己的使命感，勝任所擔當的職責。但，時代在變，人心無常，是非善惡總是在人心輪轉，師長的教誨很難引導正確方向，一旦誤入陷阱就會危害自己美好的前程。

tshiânn kiánn nā sī pàng siunn līng
晟囝若是放傷冗
sī hui siān ok hun bē tshing
是非善惡分袂清
tuā hàn sī hui tian tò píng
大漢是非顛倒反
kíng tshat lia̍h --khì gōo it sing
警察掠去誤一生

註解：孩子成長過程不要太過寵愛，愛的教育也要有鐵的紀律，「倖豬夯灶，倖囝不孝」，有求必應，長大後是非不清、違法亂紀，被治安單位取締或被判刑，早知如此，何必當初，教導孩子一定要賞罰分明。

kà kiánn hōo i kiânn tsìng tō
教囝予伊行正道
khah hó khai tsînn thàk tsuan kho
較好開錢讀專科
tsìng tong thâu lōo siōng khó khò
正當頭路上可靠
tiong sit tsò lâng bē uai ko
忠實做人袂歪哥

註解：孩子如果引導正確方向，勝過花錢補習而得到高學歷的人，一生當中有正當的行業與正常的工作，守住崗位，就不會以不正當的手段去謀求利益。

gín á sè hàn m̄ kà sī
囝仔細漢毋教示
tuā hàn tsò phàinn bô ió h i
大漢做歹無藥醫
m̄ sī nâ tâu tō tik tshì
毋是林投就竹刺
liân luī pē bú kám siong pi
連累爸母感傷悲

註解：孩子小時候不正確教導，長大後為非作歹，不是作奸犯科就是狐群狗黨，不務正業，連累父母及整個家庭，想要力挽狂瀾，為時已晚。（林投竹刺都是有針刺難纏的植物。）

tsit ke tuā sè ài hô kûn

一家大細愛和群

ū t hang tsiảh tshīng ài kám un

有通食穿愛感恩

hu tshiùnn hū suî siōng piau tsún

夫唱婦隨上標準

bô kè bô kàu tsînn ē tshun

無計無較錢會賰

註解：全家大小要和氣，有得吃有得穿，要存感恩的心，夫唱婦隨，以平常心維持家庭融和，俗語說：「和氣生財，好運跟著來」，積善之家慶有餘。

lâm tuā tong hun lú tong kè

男大當婚女當嫁

lióng sènn hảp hun kāng tsit ke

兩姓合婚仝一家

kīn lîn thàm tshin ka kī tsē

近鄰探親家己坐

uán hong tńg--lâi tiỏh thâi ke

遠方轉來著刣雞

註解：男婚女嫁是天經地義的事，女人嫁在就近的地方因相聚機會多，回娘家坐個椅子都自己來，如果嫁到他鄉外里就不一樣，聽到女兒要回來就準備好料理，雞鴨都上桌了，兩者皆有兩樣情。古早人說：「囝婿若一到，雙跤拼拼做一灶。」

sī tuā tiỏh ài ē hiáu siūnn
序大著愛會曉想
lâm huan lú ài bāng tsit tiûnn
男歡女愛夢一場
thau lâi àm khì pháinn khuànn siùnn
偷來暗去歹看相
sī sè khuànn kin m̄ tsiânn iūnn
序細看輕毋成樣

註解：為人父母要有好榜樣，不要去搞婚外情，俗語說：「大狗爬牆，小狗看樣」，暗通款曲，不但左鄰右舍指指點點，做了最壞示範，而且沒有立場教好下一代。

tshut sinn sin khu tō piàn hîng
出生身軀就變形
tian tò pí lâng khah tsìng king
顛倒比人較正經
bē khì giảh to kah giảh tshìng
袂去攑刀佮攑銃
khuànn khui sè tsîng tōo it sing
看開世情度一生

註解：有人出生身體就缺殘，但比正常的人遵守法令，他不會拿刀帶槍，反而看開世情、自力更生，度過美好的一生。天邊的彩虹，依然照亮著有毅力的人。

hó kha hó tshiú lâi tshut sì
好跤好手來出世
su sióng tsìng tong mài phian lī
思想正當莫偏離
tān khuànn kann lô bô tsînn bí
但看監牢無錢米
lóng sī sin thé tsòng ōng sî
攏是身體壯旺時

註解：父母給我們一個完美無缺的體格，要遵守國家法律，不要動歪腦筋，為非作歹，但看被關進監獄的都是身體健壯而且是好手好腳的人，殘缺的朋友，鮮少看到進警局的。

sin bûn muî thé ū khé sī
新聞媒體有啟示
sann kak luân tsîng tsin pháinn i
三角戀情真歹醫
uī tsîng uī ài uī tsînn sí
為情為愛為錢死
khǹg lán se jîn ài tiunn tî
勸咱世人愛張持

註解：自古以來經常聽老一輩提起：「清官難斷家務事」，新聞媒體常有相關報導三角戀情的醜聞，一旦東窗事發，才在電視上向社會大眾說抱歉，對不起家人，為時已晚。破鏡難重圓，奉勸世人要特別留意。

siánn lâng bô siūnn hó in iân
啥人無想好姻緣
kiòk tsîng tiòh ài ka kī pian
劇情著愛家己編
bái ê sip kuàn ài kái piàn
穤的習慣愛改變
sing uàh tan sûn khah tsū jiân
生活單純較自然

註解：有誰不想有個美滿的婚姻與家庭，但這個過程要全家共同經營，要有知過認錯，互相體諒、包容的心，共同合作，財神爺就有歡喜心常進家門，共同享受樂趣，生活單純化，自然安居樂業。

hok tshenn ko tsiàu lîm ka mn̂g
福星高照林家門
jit guèh kong bîng tsiò sì hng
日月光明照四方
hô san tn̂g siū tshian bān tn̄g
河山長壽千萬丈
ngóo kok hong ting muá tshik tshng
五穀豐登滿粟倉

註解：非常好運氣，福星高照，日月長明，照耀四方，山河長壽水流萬丈。五穀豐收堆滿穀倉。

hok jû tong hái sin khong kiān

福 如 東 海 身 康 健

siū pí lâm san tsú sun hiân

壽 比 南 山 子 孫 賢

siang tshenn pò hí siū iân liân

雙 星 報 喜 壽 延 年

tsuân ke hô lok ài sioh iân

全 家 和 樂 愛 惜 緣

註解：福如東海，壽比南山皆為長壽之意，也是在長者祝壽詞上常見的賀詞，雙星是天文學名詞，代表長遠，如壽喜延年，家庭和樂又團圓，這個家更加要惜福了。

步兵的心聲

lī khui kòo hiong sim tso tso
離 開 故 鄉 心 慒 慒
lâi kau kun tiong tsiàh bán thô
來 到 軍 中 食 饅 頭
tshut tshau sin khu oo sô sô
出 操 身 軀 烏 趖 趖
pan tiúnn kóng uē thiann lóng bô
班 長 講 話 聽 攏 無

註解：離開故鄉心裡有點焦躁煩悶，因為頭一次離鄉背井，擔心父母妻小（農業時代有些是結婚後才服兵役的）。來到軍中早上都吃饅頭，出操身體搞得髒兮兮的，班長大部份都是外省籍的士官，講話有點聽不太懂。（作者民國五十八年入伍）

　　m̄ kuán lí sī guā iân tâu
　　毋管你是偌緣投
　　kun tiong tiȯh ài thì kng thâu
　　軍中著愛剃光頭
　　tshài tsiáu pue khì pȧt lâng tau
　　菜鳥飛去別人兜
　　mî phuē tsih kah bȧk sái lâu
　　棉被摺甲目屎流

註解：不管你是多英俊瀟灑，入伍一律要理光頭，軍服一穿，每人都長得一模一樣，連自己的房間都會跑錯。光折棉被、內務要求，就累得你痛哭流涕。

　　mî phuē bô lūn sin iȧh kū
　　棉被無論新抑舊
　　tiȯh ài tsih kah tshiūnn tāu hū
　　著愛摺甲像豆腐
　　phuê ê tiȯh ài tȧk kang lù
　　皮鞋著愛逐工鑢
　　tsiam suànn pun kah tȧk hāng ū
　　針線分甲逐項有

註解：棉被不管是新或舊都要折到像豆腐一般（新的比較保暖可是不好折疊），皮鞋和皮帶扣每天都要擦得亮亮的，連縫衣服的針線也每人發一份。

khí tshn̂g kui tīng sann hun tsing
起 床 規 定 三 分 鐘
mn̂g sī tsông kah pit tsò pîng
門 是 傱 甲 必 做 爿
lāi khòo pàt lâng siu khì tshīng
內 褲 別 人 收 去 穿
kì hō tiȯh ài tsò siang pîng
記 號 著 愛 做 雙 爿

註解：起床、盥洗只限三分鐘，門都被擠得快裂開了，內褲被人偷去穿，只好正反面都做記號，免得到時候找不到。

sann khòo ū sî phȧk bô ta
衫 褲 有 時 曝 無 焦
ū sî tshīng kah lóng kian pa
有 時 穿 甲 攏 堅 巴
buȧh á beh tshīng bô kiám tsa
襪 仔 欲 穿 無 檢 查
tȧk ke lóng tiȯh hiong káng kha
逐 家 攏 著 香 港 跤

註解：衣服有時候下雨晒不乾，有時候天氣熱穿到結硬塊，滿寢室都汗酸味，襪子穿到別人的，很多人因此而得了香港腳。

siōng khò bīn sī iu kat kat
上課面是憂結結
kàu kuann kóng kuè lóng m̄ bat
教官講過攏毋捌
tshut tshau tiòh ài tsah kha tsat
出操著愛紮跤節
sái kín khòo tuà phah sí kat
屎緊褲帶拍死結

註解：上課的時候愁眉苦臉，因為腔調不一樣，教官的話聽不懂；出操時要戴鋼盔、打綁腿，帶槍和刺刀，急著上廁所卻無奈內褲打了死結（當兵時的內褲沒有鬆緊帶），也許是新兵訓練太緊張的關係。

kàu kuann oo pang siá pèh jī
教官烏枋寫白字
kui tīng tiòh ài kóng kok gí
規定著愛講國語
lí nā m̄ sìn siunn thih khí
你若毋信傷鐵齒
uē ping khiā kah puànn sió sí
衛兵徛甲半小死

註解：教官黑板寫著白字，規定一律說國語，你如果不遵從、嘴巴硬被逮到沒講國語的話，保證你衛兵的任務站到三更半夜。

thàu tsá thàu àm ài tiám miâ
透早透暗愛點名
kun kua tshiùnn kah lóng sau sainn
軍歌唱甲攏梢聲
pí sài tiòh ài tē it miâ
比賽著愛第一名
kha pōo tsàm--lòh kuí mā kainn
跤步躥落鬼嘛驚

註解：早晚一定要點名，整隊訓話唱軍歌，而且不斷重複，唱到喉嚨都沙啞，比賽還要爭取第一名，雄壯的腳步聲震動天地，連鬼聽到了都驚慌逃竄。

sann--guèh jit thâu tshiah iānn iānn
三月日頭赤焱焱
su līng tâi tsîng tsian tuā piánn
司令台前煎大餅
ki pún kàu liān khiā tsiànn tsiànn
基本教練徛正正
siōng kiann pan tiúnn pi á siann
上驚班長觱仔聲

註解：農曆三月天氣非常炎熱，日正當中，在司令台前基本教練，有如在煎大餅，嚴肅立正、夾屁股、收下巴、汗流夾背，當兵最怕班長吹哨子的聲音。

bák kiànn būkah khuànn bô iánn
目鏡霧甲看無影
báng á pue--kuè ūtàng thiann
蠓仔飛過有當聽
tsiànn pîng tò pîng hun bô tsiànn
正爿倒爿分無正
phuê ê that kàu kha tsiah phiann
皮鞋踢到尻脊骿

註解：眼鏡多了一層霧，連蚊子飛過的聲音都聽得到，馬虎不得，如果左右搞不清楚，教官的皮鞋馬上踢到屁股上。

lâm jî lip tsì tsāi sì hng
男兒立志在四方
ping kî nn̄g tang bô guā tn̂g
兵期兩冬無偌長
kuà liām pē bú kah tshân hn̂g
掛念爸母佮田園
siūnn tióh ài jîn sim sng sng
想著愛人心酸酸

註解：男兒當兵志在保國衛民，二年的兵役雖算沒多長，但也會懷念家鄉的父母及田園，想到心愛的人確實有點心酸。

sui jiân bô îng thang siá phue
雖然無閒通寫批
guá ū muá pak sim lāi uē
我有滿腹心內話
muí tng gue̍h tshut hûn sio tuè
每當月出雲相綴
su liām ka hiong tsit ki hue
思念家鄉一枝花

註解：雖然沒時間寫信，但有滿腹內心的話，每當月出雲相隨，都會想念起故鄉初戀的情人。

tshim kenn iā tsīng khiā uē ping
深更夜靜徛衛兵
ū sî ē hiòng lán tsit pîng
有時會向咱這爿
thinn khì lú lâi sī lú líng
天氣愈來是愈冷
a bú hiû á kám ū tshīng
阿母裘仔敢有穿

註解：每當更深夜靜站衛兵的時候，沉重的心情面向家鄉這邊，天氣愈來愈冷，家中兩老有沒有加穿外套呢？

jîn tsāi kun tiong sim tsāi ka
人在軍中心在家
kín kip tsip hàh oo pèh sa
緊急集合烏白捎
tiān hué tsuān kah bô puànn pha
電火轉甲無半葩
ê á tshīng liáu m̄ tiòh kha
鞋仔穿了毋著跤

註解：人在軍中心裡卻想著家，突然燈火全熄，只聽到吹哨旳聲音，要緊急集合了！伸手不見五指，徒手尋找自己的裝備，鞋子左右腳卻穿反了。

puànn khùn puànn tshénn bàk tsiu hue
半睏半醒目睭花
hām bîn kiânn lōo suah pue pue
陷眠行路煞飛飛
pōo tshìng tsit sî bô tàng tshuē
步銃一時無當揣
guā khòo bô tshīng tì kǹg khue
外褲無穿戴鋼盔

註解：在半睡半醒的情況下，眼花撩亂，腳站不住地，不知東西南北，步槍一時摸不到，只穿內褲卻戴了鋼盔。

nā sī tu tiȯh tshut kong tshai
若 是 拄 著 出 公 差
m̄ sī moo hui tiȯh kik sái
毋 是 摸 飛 著 激 屎
gū tiȯh sió tsiá tshiò hai hai
遇 著 小 姐 笑 哈 哈
sim tsîng guā hó lí kám tsai
心 情 偌 好 你 敢 知

註解：偶爾輪到外面出公差，找理由「摸魚」一下，路上遇到
漂亮的小姐，大家都笑嘻嘻多看一眼談一下，被瞪眼也暗爽在
心內。

kun tiong hùn liān tsin tshù bī
軍 中 訓 練 真 趣 味
tsiūnn suann lȯh hái put iông ī
上 山 落 海 不 容 易
sin thé nā bái bē tàng khì
身 體 若 穤 袂 當 去
bih tiàm tshù lāi bô liáu sî
覕 踮 厝 內 無 了 時

註解：軍中訓練雖然嚴格，但也有輕鬆的一面，上山下海也沒
那麼容易，體檢不合格是不能當兵的，逃避兵役是違法行為也
浪費時日。

tsí iàu sin thé nā ióng kiānn
只要身體若勇健
tshut tshau hùn liān m̄ bián kiann
出操訓練毋免驚
liok hái khong kun tshì kiâm tsiánn
陸海空軍試鹹汫
uī kok tsing kong hó miâ siann
為國爭光好名聲

註解：只要身體健壯，不必怕出操磨練，無論是陸、海空軍都可以來嘗試，爭取國家榮耀，也能夠鍛練強壯體魄，也為鄉里帶來好聲譽。

siā huē kah lâng leh kīng tsing
社會佮人咧競爭
sing kàu kun tiong oh giah tshìng
先到軍中學攑銃
thè ngóo thé lat theh lâi īng
退伍體力提來用
kiàn lip sū giap kah ka tîng
建立事業佮家庭

註解：要在社會上跟人競爭，先到軍中接受嚴格訓練，退伍後才有體力，建立事業和家庭。

ū ê ka tiúnn ké lîng tsing
有 的 家 長 假 靈 精
àm tiong pēnn īnn tshut tsìng bîng
暗 中 病 院 出 證 明
kóng in hāu senn bē giàh tshìng
講 伊 後 生 袂 攑 銃
m̄ bián tsò ping khah tshing îng
毋 免 做 兵 較 清 閒

註解：有些家長自作聰明，用假病歷說自己的兒子體力不好槍
拿不動，不願到軍中接受訓練，閒著在家裡沒事做，這是非常
悲觀的思惟，也犯了逃避兵役罪。

siā huē kah lâng tshia puàh píng
社 會 佮 人 捙 跋 反
tsing sán pò kok lâng tsun kìng
增 產 報 國 人 尊 敬
sin thé ióng tsòng bah koh tīng
身 體 勇 壯 肉 閣 有
tsò ping thè ngóo siōng kong îng
做 兵 退 伍 上 光 榮

註解：追求成就在社會上打滾，增產報國得到各界肯定，軍中
操練，身體壯碩，退伍回鄉是最光榮的一件事。

muê lâng lâi kàu mn̂g káu tiânn
媒人來到門口埕
ū tsò kuè ping bián thàm thiann
有做過兵免探聽
siū kuè hùn liān khìng phah piànn
受過訓練肯拍拚
tsuàt tuì thò tàng m̄ bián kiann
絕對妥當毋免驚

註解：退伍回鄉，媒人來談論婚嫁，有當過兵不必多探問，受過軍訓而肯上進的男子漢，絕對妥當。
（相傳兩種男人女方最能肯定；一是當過軍人、二是民俗宋江陣隊員。）

sui jiân kun tiong ū khah giâm
雖然軍中有較嚴
thāi jîn tshú sū hó king giām
待人處事好經驗
kái tsìn ka kī ê khuat tiám
改進家己的缺點
muê lâng ná kánn lâi khì hiâm
媒人哪敢來棄嫌

註解：雖然軍中生活規定較嚴格，這是待人處世，成家立業的好經驗，把自己的缺點改掉，以後建立在家庭事業上，連媒人也都不嫌棄，值得讚賞。

tse sī pōo ping ê sim siann
這是步兵的心聲
kù kù sū sit sī tsin tsiànn
句句事實是真正
lâi kàu kun tiong o̍h hó kiánn
來到軍中學好囝
tshiánn lín hōo guá pho̍k á siann
請恁予我噗仔聲

註解：以上是當步兵的心聲，每句都是實話，來到軍中學做一個堂堂正正的好漢，如果感受得到，請你給我一個鼓勵的掌聲。

慈母心

sè kan uí tāi sī tshin tsîng
世間偉大是親情
siōng kài pó kuì tsû bió sim
上蓋寶貴慈母心
sann tǹg khiām tsiàh kah khiām īng
三頓儉食佮儉用
it tshè khóo thng ka kī lim
一切苦湯家己啉

註解：世間親情是最偉大的，就連所有的動物都不例外，那就是慈母心，母親：為了呵護孩子，三餐省吃儉用，一切的心酸，所有的苦衷，都自己承擔，把兒女的未來，也扛在自己身上。

sè kiánn lòh thôo khàu tshut siann

細囝落塗哭出聲

sin khu ī siông sim kiann hiânn

身軀異常心驚惶

tshiann kiánn tióng tāi kuân jû niá

晟囝長大懸如嶺

bīn tuì tshin lâng bô puànn siann

面對親人無半聲

註解：孩子一出生就有殘缺的異狀，整個心情無限恐慌，老天爺就這樣嚴厲地懲罰，要養育幼兒長大，比翻山越嶺還艱難，面對週遭的長輩及親人，只好承受，無言以對，也只好認命。

tsí iàu sin thé nā ióng kiānn

只要身體若勇健

guán ē iōng sim kā kiánn tshiânn

阮會用心共囝晟

kong má nā sī ū lîng siànn

公媽若是有靈聖

tsí kiû sūn lī put kiû miâ

只求順利不求名

註解：面對異常的孩子，只要身體能夠健健康康，我一定盡全力扶養他長大，雖然不能和其他孩子比較，但願祖先有靈庇護，只求平安順利，不去求名求利，也期盼上天賜予與世共享同樂的造化。

sin sim tsiòng gāi siōng khó liân
身 心 障 礙 上 可 憐
hîng tōng put piān lâng khuànn khin
行 動 不 便 人 看 輕
miú jit bak sái lâi sé bīn
每 日 目 屎 來 洗 面
àm tiong kiû sîn mn̄g guân in
暗 中 求 神 問 原 因

註解：生一個身心障礙的孩子，經常被旁人瞧不起，冷言冷
語，說三道四的負面指責，為人父母情何以堪？天天以淚洗
臉，只有偷偷去求神問卜，到底是什麼原因讓我們家人陷入這
個困境。

tsîng sì tsò siánn sit tik tāi
前 世 做 啥 失 德 代
kim sing tso siū miā an pâi
今 生 遭 受 命 安 排
m̄ kiann jīm hô ê tsóo gāi
毋 驚 任 何 的 阻 礙
khan kiánn tshòng tsō hó tsiong lâi
牽 囝 創 造 好 將 來

註解：前世到底做了什麼缺德的事，今生遭受到命運殘酷的安
排？但我不怕任何的阻礙，一定要養育孩子長大成人，並且締
造美好的未來。

it tshè sin khóo ka kī tsò

一切辛苦家己做

m̄ kánn lô huân tiȯh kong pô

毋敢勞煩著公婆

tsū thàn tshut sì miā bô hó

自嘆出世命無好

tsí kiû pîng an pȧt hāng bô

只求平安別項無

註解：一切辛苦自己承擔，不敢給公婆添麻煩，自嘆自己身世不好或是前世積欠的債，註定今生要還，自己認命面對，只求孩子平平安安就好。

guā piáu lȯk kuan tsng tshió iông

外表樂觀裝笑容

tshiú phō sè kiánn àm pi siong

手抱細囝暗悲傷

khún kiû kong má ài guân liōng

懇求公媽愛原諒

ta ke ta kuann to pau iông

大家大官多包容

註解：外表看似樂觀，其實笑得勉強，手抱著異樣的孩兒，心裡非常悲痛，懇求列祖列宗們能夠原諒，公公婆婆能夠寬恕、容忍、互相包容，讓這個可憐的孩子能夠活得跟別人一樣快樂。

bīn tuì sè kiánn ê khuat hām
面對細囝的缺陷
tso siū thí tshiò tsin m̄ kam
遭受恥笑真毋甘
jit iā tsiàu kòo bô sî làng
日夜照顧無時闐
jîn tsîng líng luán sim bâng bâng
人情冷暖心茫茫

註解：孩子異樣的體型跟正常人不一樣，這是為人父母不願樂
見的，遭人指指點點真的很捨不得。無時無刻的照顧、受人輕
視的眼光，任務繁重，別人看不見，情緒總是有點紊亂。

muí tong kenn tshim mê iā tsīng
每當更深暝也靜
líng hong tshue--lâi tsǹg jip sim
冷風吹來鑽入心
khuànn kiánn ai kiò sim hô jím
看囝哀叫心何忍
iú jû bān tsìnn lâi tshuan sim
有如萬箭來穿心

註解：每當夜深人靜時，冷風陣陣吹來，貫入內心深處，而看
到孩兒的哀叫聲忍不住悲痛，有如萬箭穿入心坎裡。

113

siong hāi í king lâi tsō sîng
傷害已經來造成
hūn thinn uàn tē bô lōo īng
恨天怨地無路用
kî kiû siōng tshong sio tì ìm
祈求上蒼相致蔭
tām póh kā guán tàu khan sîng
淡薄共阮鬥牽成

註解：事實已經來造成，怨天尤人也不會有任何的改變，只祈求上蒼能夠給予庇護，多多少少給予扶植與照顧，給我信心及期望。

tsáu tshuē jio̍k sè ê mn̂g lōo
走揣弱勢的門路
hòng khì gôo lo̍k tshuē tsiân tôo
放棄娛樂揣前途
tsīn sim tsīn li̍k lâi tsiâu kòo
盡心盡力來照顧
uán lī oo àm kiânn tuā lōo
遠離烏暗行大路

註解：四處尋找弱勢的機構，給予多寡的協助，放棄青春及娛樂，追求美好前景，全心全力培養身心異常的骨肉，遠離黑暗靈夢，走出一條光明正大的路。

tsin tsē kóo lē tsin sim uē
真 濟 鼓 勵 真 心 話
kìng ka iōng sim lâi tsai puê
更 加 用 心 來 栽 培
bó kiánn liân sim kat tsò huè
母 囝 連 心 結 做 伙
tsa̍p gue̍h huâi thai kut liân phuê
十 月 懷 胎 骨 連 皮

註解：許許多多慈善機構及社工團體，給予勉勵支持，更加激
起向心力，費盡心思來養育這先天不良的孩子，母子的心是相
連的，也是十月懷胎的親生骨肉。

tong kim tai uân ê siā huē
當 今 台 灣 的 社 會
ū tsin tsē sí gín á phue
有 真 濟 死 囡 仔 胚
kiánn tsāi sin pinn bē huān tsuē
囝 在 身 邊 袂 犯 罪
sui jiân khuat hām bē liân huê
雖 然 缺 陷 袂 連 回

註解：時下台灣的社會，出現許多作奸犯科亡命之徒，危害社
會安寧的青少年。孩子在身邊照料不會違規犯法，雖然身體缺
陷，也不會去坐牢，浪費國家資源，造成社會混亂。

lan lîng khó kuì tsû bió sim
難 能 可 貴 慈 母 心
it sim it ì kiánn khan sîng
一 心 一 意 囝 牽 成
bē khì giȧh to kah giȧh tshìng
袂 去 攑 刀 佮 攑 銃
bē thau bē tshiunn mā kong îng
袂 偷 袂 搶 嘛 光 榮

註解：最難能可貴的是慈母心，用她堅強的意志力，養育重殘
兒女長大，雖然行動不便，但他不會去學壞，不偷不搶，不傷
害社會秩序，不造成國家困擾，也是一件光榮的事，值得我們
按讚！

tsit nî tsit tōo bó tshin tsiat
一 年 一 度 母 親 節
tshan thiann pn̄g tiàm lóng pâi liȧt
餐 廳 飯 店 攏 排 列
san tin hái bī kuí nā phiat
山 珍 海 味 幾 若 砸
hiann tī tsí muē tàu lāu jiȧt
兄 弟 姊 妹 鬥 鬧 熱

註解：每逢母親節餐廳都客滿，山珍海味全是佳餚，外出謀生
或嫁出的男男女女趁這個機會相聚，感謝養育之恩。在此佳節
子女們都會送些伴手禮或包點紅包，聰明的父母們，金錢多寡
自己知道就好，不要傳三道四，這樣日子久了會傷感情的。

bó kiánn tshin tsîng ài pó sioh

母囝親情愛寶惜

kim suann gîn suann bé bē tiòh

金山銀山買袂著

pîng sî sann tǹg hōng tsû bió

平時三頓奉慈母

khah hó kuè tseh tsit tǹg sio

較好過節一頓燒

註解：母子的親情要多多珍惜，就連金山銀山都買不到的，平日清淡侍奉母親，比過母親節吃大餐來得更有意義，因為吃一餐不會飽一年，更不會飽一輩子。

senn kiánn tshiūnn kuè tȯk bȯk kiô

生囝像過獨木橋

tshut sì lȧk sái kah lȧk liō

出世搦屎佮搦尿

thiànn kiánn lóng bô sî kan pió

疼囝攏無時間表

bāng kiánn iú hàu puànn lōo iô

望囝有孝半路搖

註解：在農業時代生孩子是一件危險的事，如過獨木橋一般，俗語說「有過麻油芳，無過四塊枋」養育期間把屎把尿，疼愛子女的心是無終止的。雖然孝順這兩字無法去衡量，但能使父母無憂無慮過日子，就是做子女的義務。

khǹg lán sī sè tioh iú hàu
勸咱序細著有孝
lāu bú tiám tih tsāi sim thâu
老母點滴在心頭
tī tshù bô îng ná tsáu káu
佇厝無閒若走狗
bô hun kuânn juah jit jit tshau
無分寒熱日日操

註解：奉勸為人子女要孝順父母，孩子在父母手中拉拔長大，
他的一舉一動，母親都淌在心坎裡，整天在家裡忙碌，可以說
是無薪的奴才，一年到頭操勞度日，為孩子付出所有的代價難
以計數。

suî tioh sî ki ê tsuán piàn
隨著時機的轉變
jîn tsîng líng luán kám bān tshian
人情冷暖感萬千
thann hiong guā lí kiû huat tián
他鄉外里求發展
bó kiánn lú lâi lú poh iân
母囝愈來愈薄緣

註解：隨著科技的發展，時機轉變，人世盛衰，世態炎涼而感
慨萬千，年青一輩在畢業後離鄉背井，出外謀求生活，甚至成
家立業，迫使母子的情份越走越遙遠。

sin khóo pēnn thiànn tī pēnn tshn̂g
身 苦 病 疼 佇 病 床
tsí ū guā lô phâng tê thng
只 有 外 勞 捀 茶 湯
bāng kiánn hô sî ē tò tńg
望 囝 何 時 會 倒 轉
siūnn tiȯh kuè khì sim sng sng
想 著 過 去 心 酸 酸

註解：身體如有疾病倒在病床，只有聽不懂語言或溝通不良的
外勞來照顧生活起居，在他鄉的遊子只有逢年過節才回家一
趟，這樣思子的親情，真令父母心酸啊！

改薰

tsiàh hun pēnn tȯk tsin lī hāi
食薰病毒真厲害
tsàp tuā sí in uì tsia lâi
十大死因對遮來
khiā tī gam tsìng ê tē tài
徛佇癌症的地帶
siau sit pò hōo tȧk ke tsai
消息報予逐家知

註解：吸菸的病毒非常多，是我們台灣十大死因之一，容易染上癌症的邊緣，這個訊息趕快傳給民眾了解。

káu tsàp sann tsióng tì gâm bùt
九十三種致癌物
suh jip hì pōo tsin uí khut
欶入肺部真委屈
pēnn tòk bān bān tsǹg jip kut
病毒慢慢鑽入骨
thiann liáu lí ē tsin ut tsut
聽了你會真鬱卒

註解：菸草裡面含有九十三種致癌物，吸入肺部身體會受不
了，它的病毒會慢慢延伸到體內各部位而產生疾病，告訴你也
許有人心裡憂愁而不悅。

hun iû nā sī suh siunn tsē
薰油若是欶傷濟
lóng hâm tì gâm ū kuan hē
攏和致癌有關係
khai tsînn iū koh gāi sin thé
開錢又閣礙身體
kái tiāu khah bē thó giâ kê
改掉較袂討夯枷

註解：如果菸油吸太多，這和致癌都有密切關係，不但花錢又
傷害身體，趕快把吸菸的壞習慣改掉，保護自己健康，不要日
後吃盡苦頭。

tsiàh hun lim tsiú pōo pin nn̂g
食薰啉酒哺檳榔
pîng iú sio tshiánn bit kiáu thn̂g
朋友相請蜜攪糖
bái ê sip kuàn nā m̄ tn̄g
穤的習慣若毋斷
sî kàu jiám pēnn bīn phuê n̂g
時到染病面皮黃

註解：吸菸、喝酒、嚼檳榔是社交的一種手段，也是少數勞工
朋友的常態，這種壞習慣會導致日後體內病變，後果勘慮，一
旦囤積病毒會呈現臉部發黃。

hun tsháu nā sī tsiàh siunn tsē
薰草若是食傷濟
senn lâm iòk lu sîng būn tê
生男育女成問題
i liâu kì tsài ū tsîng lē
醫療記載有前例
sî kàu làu the thâu lê lê
時到落胎頭犁犁

註解：菸如果吸過頭，生男育女也成了問題，醫療記載有很多
案例，有很多吸太多菸而流產，後悔也來不及了。

tsa bóo tsiàh hun bô hi hán
查某食薰無稀罕
ū sin kái hun siōng kài tsán
有身改薰上蓋讚
nā bô khióng kiann ē tsá sán
若無恐驚會早產
gín á tshut sì oo ta sán
囡仔出世烏焦瘦

註解：女人吸菸並不稀罕，懷孕時把菸戒掉是最好時機，防止流產的危機，而且出生的話，避免嬰兒會發育不良。

tsiàh hun m̄ thang sńg tshit thô
食薰毋通耍迌迌
it tàn tiâu hun sim tso tso
一旦牢薰心慒慒
kàu bué hì gâm lâi pò tò
到尾肺癌來報到
nî kú guéh tshim tiòh hì lô
年久月深著肺癆

註解：吸菸不要當玩耍一般，一旦上癮心理較會煩躁，上了年紀小心染上肺結核或癌細胞的病變，醫院就有你報到的份。

ū lâng kui kang m̄ lī hun
有人規工毋離薰
tsit tshuì tsit tshuì it tit thun
一喙一喙一直吞
kui king tshù lāi khí phōng hun
規間厝內起蓬薰
siōng kài khó liân kiánn jî sun
上蓋可憐囝兒孫

註解：有人整天菸不離手，一口接一口一直吸，整間房子都是
熏菸味，最可憐的就是家人及無辜的小孩，拖累到菸毒的入
侵。

ū ê pîng iú ài suh hun
有的朋友愛欶薰
thîng hûn kà bū thóo khiân khun
騰雲駕霧吐乾坤
tshù pinn thâu bué thâu hun hun
厝邊頭尾頭昏昏
sui jiân bián tsînn bē kám un
雖然免錢袂感恩

註解：有些朋友迷戀吸菸，從早到晚吸不亭，騰雲駕霧一般，
左鄰右舍都吸到二手菸，雖然不用花錢，但會被唾棄的。

nā sī tsiàh hun m̄ làng phāng
若 是 食 薰 毋 閬 縫
put sî phīnn khang ná ian tâng
不 時 鼻 空 若 煙 筒
tshuì kâm hun ian m̄ guān pàng
喙 含 薰 煙 毋 願 放
sàng jip pēnn īnn khui to pâng
送 入 病 院 開 刀 房

註解：如果整天一直吸菸，鼻管像煙囪，積年累月，一旦疾病來臨，恐怕會送進醫院開刀房。「閬縫」是指沒給休息的空間。「煙筒」是農業時代廚房的煙囪。

tsit kang kàu àm hun leh sòu
一 工 到 暗 薰 咧 欶
kiánn jî sī sè thau thau òh
囝 兒 序 細 偷 偷 學
tsò lâng sī tuā pháinn kuí bó
做 人 序 大 歹 鬼 母
kà kiánn m̄ thiann iū jû hô
教 囝 毋 聽 又 如 何

註解：家長一天到晚吸菸，家裡的孩子有樣學樣，偷偷學吸菸，做長輩的有這不良模樣，教子不聽，只能怪自己。（歹鬼母，俗語說：鬼母焄頭，指帶頭做違法或不軌的事。）

tsuè kīn liû hîng tiān tsú hun
最 近 流 行 電 子 薰
tsham ū tȯk phín ê sîng hūn
摻 有 毒 品 的 成 份
suh jip pak lāi sih sih tsùn
欶 入 腹 內 爍 爍 顫
tshin tshiūnn ū thé bô lîng hûn
親 像 有 體 無 靈 魂

註解：最近流行電子菸，裡面含有毒品的成分，吸入體內魂飄顛倒，好像有體無魂，勸我們青少年不要染上這種有害身心健康的物品。「爍爍顫」指精神錯亂。

huā piáu tshin tshiūnn thn̂g á piánn
外 表 親 像 糖 仔 餅
kî hîng kuài tsōng kā lí sâinn
奇 型 怪 狀 共 你 唌
siong hāi tuā náu m̄ tsai iánn
傷 害 大 腦 毋 知 影
bē su hōo kuí khan leh kiânn
袂 輸 予 鬼 牽 咧 行

註解：電子菸的外表如糖果一般，奇形怪狀又有興奮劑來引誘你，吸多了會傷害大腦自己不知道，千萬不要鼻子被人牽著走。

tsit lâng suh hun kan ta thiòng
一人欶薰干焦暢
tshù lāi tuā sè siū àm siong
厝內大細受暗傷
kái hun lán ài ū hong hiòng
改薰咱愛有方向
kín tshuē uē sing sóo tsham siông
緊揣衛生所參詳

註解：吸菸的人覺得很享受，但是家裡面的人卻受到不良的影響，帶來諸多後遺症，所以一定要把菸戒掉，戒菸要有相當大的決心和毅力，趕快找附近的衛生所接洽。

kái hun ka kī sim ài kian
改薰家己心愛堅
bô hun lāu--ê tshing siàu liân
無分老的青少年
uī tioh kiān khong ài kái piàn
為著健康愛改變
kiōng tông uî hōo tāi tsū jiân
共同維護大自然

註解：戒菸要有堅定的心，而且不分老少，為了自己身心健康，一定要改變舊思維，共同維護這美好的大自然。

sin khu jiám ū hun ian bī
身軀染有薰煙味
kong kiōng tiûnn sóo ū kim khī
公共場所有禁忌
siong hāi thann jîn hāi tsū kí
傷害他人害自己
ài jîn tsáu--khì pîng iú lī
愛人走去朋友離

註解：身體如果染有菸味，公共場所最不受歡迎，傷害自己也連累別人，親密的人及好友都避而遠之。

kái hun hong huat ū kuè thîng
改薰方法有過程
sio tsiú ka pi khah mài lim
燒酒咖啡較莫啉
khióng kiann i ū tshì kik sìng
恐驚伊有刺激性
tsiàh liáu sim kuann hun nn̄g phìng
食了心肝分兩爿

註解：想要戒菸有程序，戒菸期間盡量不要喝酒和咖啡，因為它帶有刺激性，常喝會引起心神不定，胡思亂想，打亂戒菸的情緒。

kái hun nā sī beh sîng kong

改薰若是欲成功

ke tsiah kun tsuí to ūn tōng

加食滾水多運動

tsió thn̂g tsió iâm kiâm tsi hong

少糖少鹽減脂肪

soo tshài tsuí kó khah kiān khong

蔬菜水果較健康

註解：戒菸如果想要成功，要多喝開水多運動，少吃甜點少吃鹽，盡量吃低脂肪類的食物，多吃蔬菜水果，保持健康。

tshan thiann bô hun hó tshù to

餐廳無薰好處多

kíng tiám bô hun hó tshit thô

景點無薰好迌迌

mái pōo pin nn̂g hun mái suh

莫哺檳榔薰莫欶

uî hōo khuân kíng tit jîn hô

維護環境得人和

註解：餐廳或室內沒菸味好處多多，遊樂場所及戶外景點沒菸味也是公眾的權益，不嚼檳榔不吸菸，大家共同維護美好的環境及舒適的空間。

kái hun hȯk būū tsuan khu
改薰服務有專區
bái ê sip kuàn kín kái tû
穤的習慣緊改除
lán ūkok bîn kiānn khong sú
咱有國民健康署
tshiánn khà
請敲 0800636363

註解：戒菸服務政府有設專門區塊，壞的習慣盡早消除掉，我們有國民健康署，電話：0800636363（戒菸專線），請多多利用，澈底把菸戒掉，一通電話引導你戒菸的困擾。

有病揣醫生

tē hā tiān tâi tsiânn kīng tsing
地下電台誠競爭
ū pâi bô pâi tsô i sing
有牌無牌做醫生
tsìng thâu pau i kuà pó tsìng
症頭包醫掛保證
tshenn mê tsiah kah bak tsiu kim
青盲食甲目睭金

註解：地下電台非常競爭，有些沒有執照的藥師在節目上賣有療效的藥物或食品，利用廣大的聽眾群，誇大廣告，百病全癒，而且掛保證，取信聽眾，讓很多人上當、誤以為真。

io sng puē thiànn lāu tsìng thâu
腰酸背疼老症頭
m̄ bián sann kuàn kìnn kong hāu
毋免三罐見功效
ho̍k bū tsin tò kàu lán tau
服務周到到咱兜
tiān uē tsū tsí tio̍h kā lâu
電話住址著共留

註解：一些常年累月腰痠背痛的老毛病，不必服用三瓶就有功效，而且服務到家或郵寄貨到付款，就隨便把自己的姓名住址和電話號碼留給對方。

io̍h á kàu tshiú tshiò hai hai
藥仔到手笑哈哈
m̄ bat thang bé tuā tiâu tai
毋捌通買大條呆
iàu kín tshàng tī pāng king lāi
要緊藏佇房間內
m̄ kánn khì hōo sī sè tsai
毋敢去予序細知

註解：藥品拿到手笑咪咪，還想別人不曉得買會失掉機會而沾沾自喜，可是怕兒女知道，趕快藏在房間內，因為亂買療效藥品，年輕一輩的會怕老人家被藥商騙，花錢又礙健康。

bé ióh huann hí tsāi sim lāi
買藥歡喜在心內
khó pí sian tan sàng--jip-lâi
可比仙丹送入來
tshù pinn m̄ tsai hó ka tsài
厝邊毋知好佳哉
lāu lâng nî kim tiām tiām khai
老人年金恬恬開

註解：買到藥品非常高興，聽廣播有如仙丹妙藥，還好左鄰右
舍都不知道，偷偷拿老人年金去付給人家，還不斷地感謝。

tsiáh ióh tshin tshiūnn tsiáh pn̄g tshài
食藥親像食飯菜
sann tǹg toh tíng pâi kui pâi
三頓桌頂排規排
phàng kìnn tsit liáp tsiok bô tshái
拍見一粒足無彩
beh khioh hiám hiám tò thâu tsai
欲抾險險倒頭栽

註解：吃藥有如吃飯一般，三餐桌上整排都是藥，丹膏丸散一
大堆，不小心掉了一顆感覺真可惜，彎腰去撿差一點倒栽蔥。

135

iȯh á tsiȧh bô tsit lé pài
藥 仔 食 無 一 禮 拜
nn̄g pîng tshuì phué phòng sai sai
兩 爿 喙 頓 膨 獅 獅
lú tsiȧh sin thé suah lú bái
愈 食 身 體 煞 愈 穤
gāi tiȯh io tsí lí kám tsai
礙 著 腰 子 你 敢 知

註解：藥品吃不到一個禮拜，發現臉頰兩邊都腫起來，不但沒有預期得好，反而比沒吃更糟，這樣已經是傷到腎了，你知道嗎？

tiong iȯh se iȯh lām tsò huè
中 藥 西 藥 濫 做 伙
liáu tsînn m̄ kánn ke kóng uē
了 錢 毋 敢 加 講 話
lú tsiȧh bȧk tsiu suah lú hue
愈 食 目 睭 煞 愈 花
bé tiȯh tsit khuán ū kàu sue
買 著 這 款 有 夠 衰

註解：也許是買到中西藥混雜在一起的偽藥，花錢又怕別人知道，吃了眼花撩亂，視力不清，買到這類商品真夠倒楣，後悔也來不及了。

tiān tâi call in tō kā mn̄g
電台「叩應」就共問
uī hô lú tsia̍h io lú sng
為何愈食腰愈痠
i kóng tio̍h ài tsiàu sann tǹg
伊講著愛照三頓
kè sio̍k koh tsia̍h m̄ thang tn̄g
繼續閣食毋通斷

註解：打電話到電台問個明白，為何吃了藥之後腰部愈來愈痠
呢？會不會有何副作用，他說要持續服用，不要中斷，這樣病
才會慢慢恢復起來。

io̍h á lú tsia̍h tshiú lú nńg
藥仔愈食手愈軟
liáu tsînn m̄ kam sim sng sng
了錢毋甘心酸酸
tuā só thiann guá lâi khóo khǹg
大嫂聽我來苦勸
ū pâi i sing khah tn̄g mn̂g
有牌醫生較長門

註解：按照廣告的方式去吃藥，不但沒有好轉而且手腳更加痠
軟，有被騙的感覺，花這種錢有點不甘心，奉勸老朋友們，有
病要去找醫生診斷治療才是上上之策。

137

ū pēnn m̄ thang luān tâu i
有病毋通亂投醫
kiû sîn thok hut mn̄g ang î
求神託佛問尪姨
sian tan biāu ióh pah hāng tshì
仙丹妙藥百項試
i sing kau tài kik phî phî
醫生交代激皮皮

註解：有病不要四處亂投醫，相信邪術、誇大廣告，無濟於事，要去醫院檢查，聽專業醫師的交代，保健得宜，才是健康之道。

ū pēnn tióh ài tshuē i sing
有病著愛揣醫生
be ióh mā ài ū tsìng bîng
買藥嘛愛有證明
kang ôo sút gí gōo tuā tsìng
江湖術語誤大症
hōng khǹg ták ke ài sió sim
奉勸逐家愛小心

註解：有病要去找醫生，買藥也要有証明，例如：要有藥劑師的牌照，有醫院的處方箋，還要有健保卡等三項基本原則，江湖術語多數以誇大廣告為手段，不要太過相信。

lōo pinn io̍h á m̄ thang īng
路邊藥仔毋通用
guan liāu sîng hūn bô piáu bîng
原料成份無表明
bé io̍h ài ū kíng kak sìng
買藥愛有警覺性
khah bē sé sīn gōo tsian thîng
較袂洗腎誤前程

註解：路邊有療效的藥品或商品不要亂買，原料來源不清楚，成分比例沒標示，有效日期分裝後自己貼的，空口無憑，所以買藥品要有警覺性，小心上當，吃出病來，誤了健康又花了冤枉錢。

預防中風

siā huē tsìn pōo hó sî ki
社會進步好時機
si̍t bu̍t khòng tsè ài pó tshî
食物控制愛保持
tiòng hong bô leh hun nî kí
中風無咧分年紀
kìng tshiánn ta̍k ke mài huâi gî
敬請逐家莫懷疑

註解：科技時代，社會進步，吃喝玩樂樣樣來，但食物要控制，你可看到「中風」這種疾病是不分年齡層的，敬請大家不要懷疑中風是老年人的專利。

ū hông tiòng hong ū phiat pōo
預防中風有撇步
liáu kái tsìng tsōng tshuē mn̂g lōo
了解症狀揣門路
i hàk ko bîng ū pōo sòo
醫學高明有步數
kín kip tsiū i ū pang tsōo
緊急就醫有幫助

註解：預防中風有專業的方法，先去了解狀況，現代醫學高
明，也有預防的步驟和程序，緊急就醫是最好的決策。

bīn pōo piáu tsîng khuànn ē tsai
面部表情看會知
tíng ē bô tsiànn tshuì uai uai
頂下無正喙歪歪
kiu hōo tshia tiòh kín lâi tsài
救護車著緊來載
bián tán kiánn jî sī se lâi
免等囝兒序細來

註解：臉部表情看就會知道，有歪斜不對稱的現象，盡快叫救
護車，不要等到兒女回來，親友或左鄰右舍若有發現，就盡快
處理。

nā sī kóng uē bē liàn tńg
若是講話袂輾轉
siann tiāu bē bîng pháinn lim thng
聲調袂明歹啉湯
pîng iú lí tiȯh thiann guá khǹg
朋友你著聽我勸
kín kuà kip tsín phuè iȯh hng
緊掛急診配藥方

註解：若是說話不清楚，喝湯異常，連打招呼手都舉不起來，
這也許是中風的前兆，馬上打119電話掛急診找醫生診斷。

bô lūn puànn mê iȧh sann kenn
無論半暝抑三更
siang tshiú kám kak giȧh bē pênn
雙手感覺攑袂平
piáu sī sin khu ū huat pēnn
表示身軀有發病
iàu kín tsiū i mài thua pênn
要緊就醫莫拖棚

註解：無論三更半夜或是在工作途中感覺手臂無力下垂，微笑
也有問題，表示身體有發病，那就不用在拖延時間，盡快叫救
護車送往就近醫院。

siang tshiú giảh khí bē pênn pāng
雙手攑起袂平棒
luān tsiảh iỏh bủt sian m̄ thang
亂食藥物仙毋通
kuánn kín pēīnn tiỏh kín sáng
趕緊病院著緊送
thua iân sî kan liáu gông kang
拖延時間了戇工

註解：發現雙手不能平衡使力，千萬不要亂服用藥物，還是要送醫治療，找出真正的病狀，對症下藥。

kha tshiú bâ pì hit tsit pîng
跤手麻痺彼一片
tiỏh ài hiòng siōng tó hun bîng
著愛向上倒分明
pī bián áu thòo lâi huat sing
避免嘔吐來發生
tsō sîng hì iām ū khó lîng
造成肺炎有可能

註解：發現手腳麻痺那一邊，就要向上躺下來，避免有嘔吐的現象，嘔吐吸氣不順加空氣不佳，可能導至發生肺炎。

nā sī ì sik hun bē tshing
若是意識分袂清
kóng uē pàt lâng thiann bē bîng
講話別人聽袂明
sann khòo tiòh ài pàng hōo līng
衫褲著愛放予冗
kuánn kín kip kiù m̄ thang thîng
趕緊急救毋通停

註解：若是意識不清，講話別人聽不清楚，此時衣物要盡量放
鬆，這也許是中風的前兆，趕緊送醫急救。

í siōng tsìng tsōng ū huâi gî
以上症狀有懷疑
tshian bān m̄ thang kik phî phî
千萬毋通激皮皮
huat sing sî kan ài ē kì
發生時間愛會記
kín phah it it kiú mài iân tî
緊拍119莫延遲

註解：發現以上症狀，如果有懷疑，千萬要趕快處理，不要怠
慢，而且記錄下發生時間，就醫愈快愈好，把握最慢黃金時段
4.5小時。（4.5小時為遍遠不便者）

ū hông tiòng hong ài jīn ti
預防中風愛認知
pó tsū n̂g kim sann sió sî
保住黃金三小時
hōng khǹg ka siók ài ē kì
奉勸家屬愛會記
tōo kuè tiòng hong guî hiám kî
渡過中風危險期

註解：預防中風要有認知的常識，保住最好黃金三小時內，如
果家屬人人都能記住，小心觀察，也許會避免中風的發生。

濟歲人飲食

lōo pinn ím liāu tsi̍t tuā tui
路邊飲料一大堆
lim--lo̍h sim liâng pî thóo khui
啉落心涼脾土開
kî si̍t lāi té tsiâu ping tsuí
其實內底齊冰水
thn̂g tsing sik sòo kui tuā tui
糖精色素規大堆

註解：路邊的飲料店很多，喝了清涼又止渴，但都是冰水比較多，而且部分不肖業者添加糖精和色素，要特別注意，喝多了會傷害身體。

siā huē kīng tsing sim thâu luān
社會競爭心頭亂
lâi tsū ap li̍k kāu tshau huân
來自壓力厚操煩
ū thn̂g ím liāu mài khì suán
有糖飲料莫去選
ke tsia̍h kun tsuí khah an tsuân
加食滾水較安全

註解：在這競爭的社會，各有來自不同的壓力，尤其在悶熱的
氣候更為煩燥，來杯冰品更為清爽，但有糖飲料不要選，無糖
分的開水比較安全。

thn̂g hun nā sī tsia̍h siunn tsē
糖分若是食傷濟
íng hióng kiān khong mài siunn bê
影響健康莫傷迷
muí ji̍t kún tsuí lâi tāi thè
每日滾水來代替
sī lán pak lāi tshing kiat tse
是咱腹內清潔劑

註解：有糖飲料喝多了會影響健康，不要迷戀冰品，每天開水
來代替是我們體內的清潔劑，多喝開水，每天至少六碗，會使
你變得健康、活潑。

ke tsiȧh thian jiân tsháu pún tê
加 食 天 然 草 本 茶
uán lī tȯk soo thǹg hun kē
遠 離 毒 素 糖 分 低
ū thn̂g ím liāu mài khì bé
有 糖 飲 料 莫 去 買
khah bē lim liáu tshut būn tê
較 袂 啉 了 出 問 題

註解：每天多喝天然草本茶，不會染上毒素而且降低糖分，所
以不要買有糖的飲料，才不會喝了健康出問題。

hue tê kiunn te pȯk hô tê
花 茶 薑 茶 薄 荷 茶
thian jiân koh bô hông hu tse
天 然 閣 無 防 腐 劑
pang tsōo khùn bîn kòo sin thé
幫 助 睏 眠 顧 身 體
tiàm tshù khah bē thâu lê lê
踮 厝 較 袂 頭 犁 犁

註解：花茶、薑茶、薄荷茶等等，來自天然又沒防腐劑，能幫
助睡眠還兼顧身體，也不會整天呆在家裡無精打采。

ū lâng tsiok ài tsiàh tāng kiâm
有人足愛食重鹹
bô kiâm toh tíng tsìng lâng hiâm
無鹹桌頂眾人嫌
tsò lâng sin pū ū kàu tháim
做人新婦有夠忝
ta ke ta kuann sèh sèh liām
大家大官踅踅唸

註解：有人喜歡吃重口味，清淡較不被接受，巧婦難為，食物太淡了老一輩吃不習慣而嘮叨不停。「大家大官」是夫家的婆婆和公公。

bô kiâm mìh kiānn pháinn tsiap siū
無鹹物件歹接受
pn̄g uánn phâng--leh bīn iu iu
飯碗捀咧面憂憂
îng ióng pó kiān ū gián kiù
營養保健有研究
jû hô kái tsìn ū tshun kiu
如何改進有伸勼

註解：食物沒鹹真的很難接受，每到吃飯時愁眉苦臉，但是為了營養保健須要斟酌，也要去研究，如何去改變可慢慢調整而適應。

sit phín ka kang ū kàu tsē

食品加工有夠濟

kuàn thâu phàu mī that tó ke

罐頭泡麵窒倒街

tsiàh liáu uánn koh m̄ bián sé

食了碗閣毋免洗

iâu khòng thēh--leh phòng í the

遙控提咧膨椅麗

註解：市面上加工的食品很多，罐頭泡麵等等滿街都是，吃完不費力氣去洗滌，躺在椅子看電視，顯示現代的人方便就好，不去追究健康的後果。（膨椅麗指躺在沙發上）

ka kang phuè liāu hó tshiú gē

加工配料好手藝

kuè liōng iâm hūn hông hú tse

過量鹽分防腐劑

sui jiân piau sī tsin siông sè

雖然標示真詳細

siong sìn bat--ê bô kuí ê

相信捌的無幾个

註解：加工配料的食物，美觀的外表，含有過量油質鹽分及防腐劑，雖然有詳細的標示，但有幾個知道內容的含義呢？

iû iâm tsiùnn liāu tāng kháu bī
油 鹽 醬 料 重 口 味
tsiàh liáu kuè thâu sin the hi
食 了 過 頭 身 體 虛
nā beh tiâu tsíng khò ka kí
若 欲 調 整 靠 家 己
uī tiòh kiān khong ài kian tshî
為 著 健 康 愛 堅 持

註解：油鹽醬料重口味，吃過量會導致健康出問題，若要調整食物的均衡，要靠自己的毅力，為了自己的健康，食物要有所選擇，不要偏食。

tsuí kó soo tshài ài tsê pī
水 果 蔬 菜 愛 齊 備
ti gû iûnn bah that piah pinn
豬 牛 羊 肉 踢 壁 邊
ū thn̂g ni phín ài tsù ì
有 糖 奶 品 愛 注 意
muí kang kian kó tsit thng sî
每 工 堅 果 一 湯 匙

註解：天天蔬果（兩碗蔬菜、兩碗水果）清腸胃，好代謝，豬、牛、羊肥的部分及有糖的奶品盡量少吃，每天堅果一匙。（腰果、杏仁、核桃、夏威夷豆、開心果、瓜子等等）吃好油、護血管。

han tsî ōo á âng tshài thâu
番薯芋仔紅菜頭
ke hî tāu luī hó kong hāu
雞魚豆類好功效
kiānn kiānn tsê tsuân khuán hōo kàu
件件齊全款予到
íng pó tshing tshun khah bē lāu
永保青春較袂老

註解：番薯、芋頭、胡蘿蔔、雞肉、魚肉、蛋及豆類，有增強
體力的功效，每天有齊全的配料，不但永保青春而比較不會老
化。

sann tǹg m̄ thang tsiàh siunn kiâm
三頓毋通食傷鹹
bān bān kái tsìn khò king giām
慢慢改進靠經驗
tsí iàu îng ióng nā bô khiàm
只要營養若無欠
pó ióng kiān khong m̄ thang hiâm
保養健康毋通嫌

註解：三餐不要吃太鹹，改進要慢慢靠經驗，只要營養足夠，
保養得宜，不要嫌棄清淡的口味，而較不會滋生百病，延年益
壽。

tsiánn ê mi̍h kiānn khah khó khò
淡的物件較可靠
hueh ap tsìng siông bē lo so
血壓正常袂囉嗦
m̄ bián pēnn īnn khì pò tò
毋免病院去報到
io tsí pēnn piàn lóng tsóng bô
腰子病變攏總無

註解：清淡的食物較為可靠，血壓保持正常，血液不濁，循環良好，不必常去找醫生，腎臟病變也比較不會發生。

iû iâm tsian tsìnn it tit thui
油鹽煎糋一直推
luān tsia̍h si̍t bu̍t lâng ē puî
亂食食物人會肥
put jû ke tsia̍h pe̍h kún tsuí
不如加食白滾水
sin bô môo pēnn sim hue khui
身無毛病心花開

註解：太油太膩煎炸的食物一直吃不停，會導致肥胖，不如多喝白開水，心情開朗又比較不會滋生病源。

tuā khoo bān pēnn ê kin guân
大箍萬病的根源
hueh thn̂g tshìng kuân lân kuè kuan
血糖衝懸難過關
hueh kńg ngē huà tshuah leh tán
血管硬化掣咧等
kuan tsat thè huà pháinn ho̍k guân
關節退化歹復原

註解：肥胖是萬病的根源，血糖一直上升，檢查結果超過參考區間，血管硬化指數超高，造成心理不安，而且關節退化，要恢復更加困難。

khang khuè bô îng koo put tsiong
工課無閒姑不將
sann tǹg tsia̍h sit ài tsìng siông
三頓食食愛正常
ko piánn phí sah bô sik liōng
糕餅披薩無適量
nî ku gue̍h tshim siū àm siong
年久月深受暗傷

註解：每天忙碌為了生計是必定的事，三餐一定要正常，太多甜點和油類要避免，如果沒有適量節制，累積久了一定會傷到身體，引發各種併發症。

tsá tǹg tsiah pn̄g phuè kuàn thâu
早頓食飯配罐頭
jit--sî tsìnn ke tsiah
日時糍雞食「漢堡」
àm sî sio tsio tsiah
暗時相招食「炭烤」
tsiah lāu lí tō bak sái lâu
食老你就目屎流

註解：早餐吃飯配罐頭，中午炸雞吃漢堡，晚上又去吃炭烤，
這樣的吃法盡量要收斂克制，日積累月會吃出全身毛病的狀
態，染病後才來改變已來不及矣！

kuân iû tsit ê
懸油質的「麥當勞」
tī lán tsng thâu
「肯德基」佇咱庄頭
nā siūnn beh tsiah kiò tō kàu
若想欲食叫就到
khǹg lán m̄ thang tsiah kuè thâu
勸咱毋通食過頭

註解：高油質的麥當勞、肯德基又離家很近，想吃非常方便，
想要身體健康，不要天天去享用，不如吃雜糧、蔬菜、水果，
聰明吃，營養健康跟著來。

tsiah lāu îng ióng nā tsê tsuân
食老營養若齊全
gî lân tsȧp tsìng bē lâi luān
疑難雜症袂來亂
pah pēnn tînn sin kòo lâng uàn
百病纏身顧人怨
bián khuànn i sing tì huī kuân
免看醫生智慧懸

註解：年老了，早晚一杯鮮奶，水果比拳頭大，蔬菜比水果多一點，飯跟菜一樣多，豆、魚、菜、蛋一掌心，堅果一茶匙，營養齊全，百病不纏身，也不必掛號看醫生，快樂學習、忘記年齡。

sik liōng ím sit ē khui pî
適量飲食會開脾
sam soo jī kó sin bē hi
三蔬二果身袂虛
îng ióng pîng kin ū guân khì
營養平均有元氣
hun tsiú pin nńg ài uán lī
薰酒檳榔愛遠離

註解：適量飲食會幫助消化功能，每天五蔬果身體不會虛弱，營養有平均就有精神，有氣色，不良的菸、酒、檳榔的壞習慣要即時改掉。

uàh tāng kiān khong ê tsuân guân
活動健康的泉源
sin thé ióng tsòng sim bē luān
身體勇壯心袂亂
ūn tōng khah bē tuā khuì tshuán
運動較袂大氣喘
kiánn jî sī sè bián tshau huân
囝兒序細免操煩

註解：活動是健康的根本，勞動並非運動，每天有規律的運動，身體健壯心情就不會煩亂，常運動的人較不會氣喘，而且身體保持良好的狀態，兒女就能安心就業，無後顧之憂。

嫁娶良言

thiann thâu hí khì hiáng pat im
廳頭喜氣響八音
tshin tsiânn tióng puè pâi siang pîng
親情長輩排雙爿
kuan im pút tsò lâi tào tsìng
觀音佛祖來做證
tsâi tsú ka jîn sim liân sim
才子佳人心連心

註解：結婚都由命理師擇定良時吉日進行，當天高堂長輩坐在佛廳祝賀，而有八音團，俗稱「鬧廳」，奉請家神觀音佛祖當證人，祝福這對才子佳人能夠心心相印。（作者供奉觀音佛祖，讀者可依不同的信仰做稱謂。）

hiunn pâi tuā tsik tiám âng ting
香排大燭點紅燈
ko tông kong má kìng sîn bîng
高堂公媽敬神明
tsuân ke hô lòk sio tsun kìng
全家和樂相尊敬
iân tsū kiat siông tīng tsiong sing
緣聚吉祥定終生

註解：結婚當天廳堂都點紅燈，香排（拼列成排的香各一檻，大燭各一對），祝福新人成雙成對，緣定終生，全家和樂。

tshiú giàh tshing hiunn kìng sîn kî
手攑清香敬神祈
iân tīng sam sing tsō huà sù
緣定三生造化庶
kî kiû tsiòng sîn tàu pó pì
祈求眾神鬥保庇
ka tîng bí buán tuā kiat lī
家庭美滿大吉利

註解：新人各執清香三支（有些地方台語說「三檻」），先祈求眾神保佑，後敬祖先庇護，家庭萬代香煙代代相傳，早生貴子大吉大利。「造化庶」意指運氣好而富裕。

thiann thâu tiám ting kiam kat tshái
廳頭點燈兼結綵
kóo tshue pat im nāu tshai tshai
鼓吹八音鬧猜猜
lâm lú hōo siong ū ì ài
男女互相有意愛
kiat jîn thian siòng hok khì lâi
吉人天相福氣來

註解：大廳點燈結綵，八音陣陣響起熱鬧非凡，四周傳來祝賀
聲，新人互相意愛，感謝月下老人安排。八音為金、石、土、
革、絲、木、匏和竹。（新娘結婚當天要有含羞帶笑的表情，
不要開懷大笑，尊重禮節。）

tang kue thn̂g sng siang piân hiàn
冬瓜糖霜雙爿獻
kong má bīn tsîng tīng tshin iân
公媽面前定親緣
tsîng tâu ì ha̍p bē kái piàn
情投意合袂改變
tsun tiōng sī tuā tsú sun hiân
尊重序大子孫賢

註解：文定之日有各地禮俗，南北不一，奉敬佛祖及祖先有三
牲酒禮，有清茶素果，但免不了有甜食之類，古時以「冬瓜、
糖霜」最為普遍，又有「食甜甜，生後生，好過年，好厝邊」
等媒婆吉祥語。「糖霜」是所謂的冰糖。

sann ki tshing hiunn kìng tsóo sian
三枝清香敬祖先
thiànn sioh tsú sun hok iân biân
疼惜子孫福延綿
ngóo sing tsiú lé sîng sim hiàn
五牲酒禮誠心獻
lióng sènn hȧp hun kiat hó iân
兩姓合婚結好緣

註解：手攑清香向祖先致敬，庇護兒孫長大成人，今日完婚拜
堂，真是林家有福，五牲酒禮代表感恩之意。成家之始，但願
林家祖先繼續保護全家和樂、事業有成，新人婚姻美滿，永浴
愛河。

tshiú phâng tshing tê kìng lāu tsóo
手捀清茶敬老祖
lîm--ka tsú sun ū tshut lōo
林家子孫有出路
ǹg bāng tsóo siōng sio tsiàu kòo
向望祖上相照顧
íng kiat tông sim hó tsiân tôo
永結同心好前途

註解：雙手供奉清茶奉敬歷代先人，保佑林家子弟有好的從事
行業，照顧子孫及這對新人有更好前途，光宗耀祖。註解中的
（林家）讀者可用自己姓氏表達。

thian sù liông iân tīng tshin tsiânn
天賜良緣定親情
hu tshe siōng kìng sim thâu tiānn
夫妻相敬心頭定
kiōng tông lô lik lâi phah piànn
共同勞力來拍拚
pah nî kai ló hó miâ siann
百年偕老好名聲

註解：這門親事是天賜的良緣，夫妻要相敬如賓，共同攜手合
作，白頭偕老，共同創造成功的契機，家譽遠傳。

tiám ting kat tshái muá tshù lāi
點燈結綵滿厝內
tshin pîng hó iú tuì tsia lâi
親朋好友對遮來
tsiok hok sin niû kah kiánn sài
祝福新娘佮囝婿
jîn tsai lióng ōng tuè leh lâi
人財兩旺綴咧來

註解：點燈結綵非常熱鬧，來自各地的親朋好友都來賀喜，祝
福新郎新娘鸞鳳和鳴，添丁又發財。

ang bóo tsò hué thinn khan sîng
翁某做伙天牽成
kiōng tông phah piànn thôo sîng kim
共同拍拚塗成金
hōo siong thé liōng sio tì ìm
互相體諒相致蔭
tsâi guân kóng tsìn iū thiam ting
財源廣進又添丁

註解：夫妻相聚在一起是老天爺所賜，要互相體諒，在職場上同心協力，就算是汙泥也會變黃金，業績蒸蒸日上，人財兩旺。

tshiong buán un luán ê sè kài
充滿溫暖的世界
tui kiû lí sióng lâng lâng ài
追求理想人人愛
sin niû kè tiòh hó ang sài
新娘嫁著好翁婿
sin lông tshuā tiòh hó thài thài
新郎娶著好太太

註解：在這充滿溫暖的世界裡，人人都想追求理想，今天這位新娘找到好丈夫，新郎娶到好太太，真正是天賜的良緣。

hó sū pò hōo lán tsai iánn
好事報予咱知影
sì kù kóng hōo tȧk ke thiann
四句講予逐家聽
sin niû kiánn sài sim tuan tsiànn
新娘团婿心端正
lióng sènn hȧp hun hó miâ siann
兩姓合婚好名聲

註解：美好良緣的好事要給親朋好友知道，以詼諧幽默有笑料的四句聯「俗稱七字仔」顯現給來賓共同歡樂（大部分都以媒婆開講），讚美雙方家庭背景、新郎新娘的金言良語及祝福佳賓萬事如意。（現代婚禮上的證婚人或舞台主持人都會朗誦幾句傳統流利的四句聯）

hí tsiú tinn tê phâng kuân kuân
喜酒甜茶捀懸懸
lîm--ka kiánn sun tāi tāi thuân
林家团孫代代傳
sū giȧp sūn lī tsiàu sim guān
事業順利照心願
kim gîn tsâi pó sǹg bē uân
金銀財寶算袂完

註解：高擇酒杯奉敬佳賓，接受大家祝福，希望林家子孫代代相傳，家庭事業皆能順利，有數不完的錢財。

kiat jit liông sî hó sî sîn
吉日良時好時辰
pah nî hô hó tīng tsiong sin
百年合好訂終身
hōo siong thé liōng hó tàu tīn
互相體諒好鬥陣
hu tshiùnn hū suî bān sū hin
夫唱婦隨萬事興

註解：良時吉日好時辰，百年好合，緣定終身，互相體諒，夫唱婦隨，皆能萬事興旺。俗語說：「家和萬事興、家吵萬世窮。」

liông sî kiat jit hó jit tsí
良時吉日好日子
tshù pinn thâu bué lóng huann hí
厝邊頭尾攏歡喜
ta ke ta kuann ū hok khì
大家大官有福氣
tsik siān tsi ka khìng iú î
積善之家慶有餘

註解：良時吉日姻緣相配的好日子，不管大人小孩皆大歡喜，林家爹娘真的很有福氣，這樣的終身之盟，真是積善之家慶有餘。

sin niû kuai khá ū tsâi gē
新娘乖巧有才藝
lîm-ka tshut tiȯh hó tsú tē
林家出著好子弟
kiōng tông hû tshî piànn king tsè
共同扶持拚經濟
tsú sun buán tông thuân āu tē
子孫滿堂傳後代

註解：新娘乖巧又有好手藝，林家出了優秀的高才生，這樣的
結合相親相愛，為理想打拚，經營家庭和事業，未來的成就指
日可望。

hí tsiú tinn tê hó tsu bī
喜酒甜茶好滋味
sin niû senn suí ná se si
新娘生婿若西施
sin lông tsiòng tsâi ū hok khì
新郎將才有福氣
lâm lú nóo iù tshiù bi bi
男女老幼笑微微

註解：新娘奉的喜酒或茶品，特別有喜氣洋洋的滋味，而且美
麗大方，貌似西施，有祥徵鳳律之感，趕來祝福的男女老少都
感同心受，用興奮、喜悅的心情，共襄盛舉。

liông sî kiat ji̍t lâi ha̍p hun

良 時 吉 日 來 合 婚

thian sù liông iân tsō khiân khun

天 賜 良 緣 造 乾 坤

hōo siong thé liōng ài kám un

互 相 體 諒 愛 感 恩

tsun tiōng sī tuā ìm kiánn sun

尊 重 序 大 蔭 囝 孫

註解：良時吉日來進行婚禮，天賜良緣造乾坤。「乾坤」指男
為乾，女為坤，締造好姻緣要心存感恩，多尊重長輩的教誨，
多施陰德，將會培育英才，延續下一代。

sui jiân jîn sing tshiūnn bú tâi

雖 然 人 生 像 舞 台

hīng hok ka kī khì pian pâi

幸 福 家 己 去 編 排

bí hó bī lâi lâng lâng ài

美 好 未 來 人 人 愛

phiah khui sè kan lī kah tsâi

避 開 世 間 利 佮 財

註解：人生有如舞台，有如一場戲，家庭幸福是靠家人共同經
營，不須謨求官位、利益和錢財，雖然錢財人人渴望，但不要
危背法規，堅守崗位，避開不必要的交際和應酬。

sin lông láu si̍t ū tsì khì
新郎老實有志氣
sin niû hiân huē ū lí tì
新娘賢慧有理智
nn̄g lâng tsò hué kè thinn ì
兩人做伙合天意
tsāi tsō kuì pin tsò tsìng kì
在座貴賓做證據

註解：新郎老實又有志氣，在人群中出人頭地，新娘理智又賢慧，兩人結合在一起宜室宜家，真的是天作之合，又有在座佳賓來對這對佳偶做證，真是前世修來的好姻緣啊！

ang bóo tsò hué ài sioh iân
翁某做伙愛惜緣
tsîng sì tsù tiānn bing iû thian
前世註定命由天
tsîng tau ì ha̍p ū uán kiàn
情投意合有遠見
ka tîng hô lo̍k tsòng hok tiân
家庭和樂種福田

註解：夫妻在一起要珍惜這份緣份，這段美好的婚姻是前世註定，情投意合在一起而有共同的理想，是神仙的住處，安樂之地也。

bí buán liông iân thinn lâi tshiânn
美 滿 良 緣 天 來 晟
lông tsâi lú māu sim tuan tsiànn
郎 才 女 貌 心 端 正
thuân tsong tsiap tāi siōng tshia iānn
傳 宗 接 代 上 奢 颺
tông sim hia̍p li̍k hiòng tsiân kiânn
同 心 協 力 向 前 行

註解：美滿良緣是前生註定，新郎新娘品性良好，結婚傳宗接
代，光宗耀祖最為風光，同一條心，共同努力而有抱負的向前
發展。

sin lông senn tsò tsin tsiòng tsâi
新 郎 生 做 真 將 才
sin niû senn suí liú hio̍h bâi
新 娘 生 婿 柳 葉 眉
bí lē tāi hong iū khó ài
美 麗 大 方 又 可 愛
gua̍t nóo khan sîng thinn an pâi
月 老 牽 成 天 安 排

註解：新郎有大將之風，新娘有一對迷人的眼睛，美麗大方又
可愛，這宜室宜家的機緣是三生有幸，老天爺的安排。

sin niû tshong bîng ū tì huī
新 娘 聰 明 有 智 慧
kiánn sài sîng tsiū bîng tsì kui
囝 婿 成 就 名 至 歸
uan iunn tsuí ah sîng siang tuì
鴛 鴦 水 鴨 成 雙 對
hun in bí buán phuānn siong suî
婚 姻 美 滿 伴 相 隨

註解：新娘聰明又有智慧，新郎有好的名譽和聲望，兩人如鴛
鴦水鴨成雙成對，成家之始，一定會締造美滿的家庭。

lông tsâi lú māu lâng him siān
郎 才 女 貌 人 欣 羨
ē tàng tsò hué sǹg ū iân
會 當 做 伙 算 有 緣
tsîng tâu ì hảp bē kái piàn
情 投 意 合 袂 改 變
îng huâ hù kuì bān bān liân
榮 華 富 貴 萬 萬 年

註解：郎才女貌，親朋好友都很羨慕，能夠姻緣相配在一起，
真的有緣份，兩人情投意合，相親相愛，惜福惜緣，一定能榮
華富貴直到永遠。

kim jit kiat hun hó sî sîn
今 日 結 婚 好 時 辰
thinn sù liông iân tīng tsiong sin
天 賜 良 緣 定 終 身
hōo siong kóo lē hó tàu tīn
互 相 鼓 勵 好 鬥 陣
hu tshiùnn hū suî bān sū hing
夫 唱 婦 隨 萬 事 興

註解：今天結婚是良好時辰，也是上天所賜的良緣，珠聯璧
合，緣定終身，夫妻互相勉勵，鴻案相莊，夫唱婦隨，萬事皆
興旺。

hó sū pò hōo lán tsai iánn
好 事 報 予 咱 知 影
sì kù kóng hōo tàk ke thiann
四 句 講 予 逐 家 聽
sin niû kiánn sài sim tuan tsiànn
新 娘 囝 婿 心 端 正
ang lâi kìng bóo bóo kìng hiann
翁 來 敬 某 某 敬 兄

註解：美好的佳音讓大家知道，逗趣的台語四句聯是傳統婚禮
的習俗也獻給大家同樂，這麼好的結合姻緣相配，新郎要疼惜
新娘，新娘要體貼新郎，同心協力，共創未來。

tàh jip jîn sing sin bú tâi
踏入人生新舞台
tsiok in sîng kong tuā huat tsâi
祝個成功大發財
siang lâng phah piànn ū tsú tsái
雙人拍拚有主宰
tsâi guân kún kún it tit lâi
財源滾滾一直來

註解：踏入人生新舞台，親戚朋友都祝福這對佳偶成功發財，
兩人一起打拚，永結同心，努力經營而有共同的目標必定財源
滾滾而來。

tshin tsiânn pîng iú lâi tsiok hō
親情朋友來祝賀
iàn sik pān liáu tsin tshing ko
宴席辦了真清高
mā ū tsún pī sòo sit toh
嘛有準備素食桌
kó tsiap hōo lán khì iû tsho
果汁予咱去油臊

註解：親戚朋友都來祝賀，除了豐富酒席請客招待貴賓以外，
還有準備素食料理給親友方便，享用四季水果和飲料去油膩，
主辦者籌劃得很周到。

sì kù kóng lâi tsò tsham khó
四句講來做參考
kom giân giȯk gí lóng sī pó
金言玉語攏是寶
thiann liáu nā sī ū tshing tshó
聽了若是有清楚
tshiánn lín phah phȯk lâi o ló
請恁拍噗來呵咾

註解：台語四句聯講給貴賓做參考，句句都是金言良語，脯腑之言，各位佳賓如果聽了有所感受，請掌聲給予鼓勵！「呵咾」是有誇獎之意。

thinn sù liông iân tàu tīn kiânn
天賜良緣鬥陣行
mn̂g tong hōo tuì muē tuì hiann
門當戶對妹對兄
ka tîng hô lȯk tsìng thàng thiànn
家庭和樂相痛疼
lâng kóng ài piànn tsiah ē iânn
人講愛拚才會贏

註解：天賜良緣，誓約同心在一起，門當戶對的婚姻，家庭相處和樂，彼此尊重，同甘共苦，攜手合作，將來一定是有所成就。

sin lông tsò lâng siōng kong tsiànn

新郎做人上公正

kut la̍t khîn khiām hó miâ siann

骨力勤儉好名聲

sîng ka li̍p gia̍p sim thâu tiānn

成家立業心頭定

lâng lâng kiò i tē it miâ

人人叫伊第一名

註解：新郎做人非常公正，努力又肯上進，得到鄉里的肯定，而又有好的聲譽，專注自己的職場，不三心兩意，努力上進，大家都稱呼他第一名。

it tāi ka jîn kiat liân lí

一代佳人結連理

lióng sènn ha̍p hun hó ji̍t tsí

兩姓合婚好日子

sann sè in iân kai huann hí

三世姻緣皆歡喜

sù kuì hô lo̍k tuā thuan înn

四季和樂大團圓

註解：一代佳偶締結為連理，都選擇良時吉日，這個皆大歡喜的好日子是三世前就註定的，而一年四季都能和樂，全家團圓在一起。

ngóo tsú ting kho sūn thinn ì lí
五子登科順天理
liȯk liȯk tāi sūn kai jû ì
六六大順皆如意
tshit tsú peh sài ū hok khì
七子八婿有福氣
peh tseh iú khìng khìng hong nî
八節有慶慶豐年

註解：為人正直，尊守法理，子孫都能金榜題名，六六大順皆如意，七子八婿有福氣（早期有七個兒子，一位女兒稱七子八婿最有福氣），八節有慶（一年八節為立春、春分、立夏、夏至、立秋、秋分、立冬、冬至）都是豐收年。

kiú kiú tiông iông tsiȧh pah nî
九九重陽食百年
si̍p tsuân si̍p bí tuā thàn tsînn
十全十美大趁錢
pik tsú tshian sun bān bān nî
百子千孫萬萬年
ka tîng bí buán tuā thuân înn
家庭美滿大團圓

註解：重陽是傳統敬老節日，有登高的涵意，婚姻相敬如賓，勤儉持家不愁吃穿。子孫延續傳承，家庭美滿，大團圓是來賓對新人祝福的良言美語。

sin lông lîm--ka hó lâm jî
新郎林家好男兒
sin niû senn suí koh khiam hi
新娘生媠閣謙虛
hí tsiu tinn tê iōng hōo khí
喜酒甜茶用予起
pue té m̄ thang tshī kim hî
杯底毋通飼金魚

註解：新郎是林家的好男兒，新娘美麗又帶點謙虛，今天要把酒盡歡，（杯底毋通飼金魚就是要激底乾杯之意），但是喝酒要節制，而且不能開車，世界各國酒後開車都有法律的規範。

tsîng sì ū siu hó in iân
前世有修好姻緣
khan sîng tsit tuì hó siàu liân
牽成這對好少年
gua̍t hā nóo jîn ū uán kiàn
月下老人有遠見
pik thiô kai nóo tsú sun hiân
白頭偕老子孫賢

註解：今天締結好姻緣是前世修來的緣份，月下老人相當有遠見，琴瑟和鳴，共處一堂，希望能白頭偕老而子孝孫賢。

kho ki huat tián ê sè kài
科技發展的世界
ang bóo sim thâu liảh hōo tsāi
翁某心頭掠予在
thian tsok tsi hảp sio ì ài
天作之合相意愛
kiōng tông tshòng tsō hó tiong lâi
共同創造好將來

註解：在這科技發展的社會，踏入人生新舞台，也是新的開始，天作之合，相互意愛，彼此尊重，共同創造美好的未來。

pē bú tshiânn kiánn ài kám un
爸母晟囝愛感恩
sam tsiông sù tik tiōng ngóo lûn
三從四德重五倫
iú hàu sītuā siōng piau tsún
有孝序大上標準
siong kìng jû pin jîp jîn kûn
相敬如賓入人群

註解：父母養育要存感恩之心，三從四德為純婦德、謹婦言、正婦容、精婦工，而父子有親，父慈子孝、夫婦有別、兄友弟恭，朋友有信為五倫，相敬如賓，融合在人群裡，終必有成。

tshin ke mn̂g hong ū sîng tsiū

親家門方有成就

khan sîng tsit tuì hó uan iunn

牽成這對好鴛鴦

hu tshe un ài thian tiông kiú

夫妻恩愛天長久

jit āu sing uàh bián tam iu

日後生活免擔憂

註解：雙方親家門當戶對，促成這對美滿姻緣，夫妻恩愛，天長地久，共同扶持，生活就不必擔憂了。祝福天下有情人終成眷屬。

新的人之初

a niâ ū sin àm huann hí
阿 娘 有 身 暗 歡 喜
pēnn kiánn sit tǹg iū iau ki
病 囝 失 頓 又 枵 飢
tshân lê thòo kiánn uī kiánn sí
田 螺 吐 囝 為 囝 死
tán thāi sè kiánn lòh thôo sî
等 待 細 囝 落 塗 時

註解：女人懷孕心中喜悅，噁心想吐而不想吃東西，身體有感虛弱（母的田螺吐出幼苗後就喪失了性命，但牠也一直等到任務完成才放棄），為了骨肉出生受盡折磨，可見母愛多麼偉大。

siūnn tio̍h khang khuè kha tshiú nńg

想著工課跤手軟

iû tsho m̄ tsia̍h ài tsia̍h sng

油臊毋食愛食酸

ka tsài guá kun lâi khóo khǹg

佳哉我君來苦勸

uī tio̍h sin thé bóng lim thng

為著身體罔啉湯

註解：懷孕時想做工作手腳酸軟，不喜歡油膩，有點厭食，愛吃有點酸的食物，好在夫君屢勸之下才喝一些湯類的東西，俗稱「病囝」。

muê pn̄g m̄ tsia̍h lâng tsin suān

糜飯毋食人真痠

pēnn kiánn si̍t tsāi tsin khó liân

病囝實在真可憐

sin khu sam uî lóng tsiâu piàn

身軀三圍攏齊變

tsi̍t luí hó hue kiōng beh lian

一蕊好花強欲蔫

註解：三餐吃不下全身疲憊，腳痠手軟令人憂慮，提不起精神而三圍也變形了，有如一朵好花逐漸萎縮。

bāng kiánn pîng an ē sūn sū
望囝平安會順事
tō sū kiû sù an thai hû
道士求賜安胎符
muá gueh iû pn̄g phâng kàu tshù
滿月油飯捀到厝
tōo tsè sūn suà hīng âng ku
度晬順紲睨紅龜

註解：為了孩子能夠平安順利，向道士（廟裡的法師）求取安胎符，到時候滿月會奉上雞酒油飯答謝，周歲也會贈送紅蛋和紅龜，表達心意。

kiánn beh tshut sì tsin lo so
囝欲出世真囉嗦
nā sit kak tshat sènn miā bô
若失覺察性命無
tsuân bāng āu pái ū uá khò
全望後擺有倚靠
iàu kín tsáu khì tshuē sán pô
要緊走去揣產婆

註解：婦女生小孩有點囉唆（早期鄉下沒有婦產科）如果難產連性命都保不住，俗語說：有過麻油芳，無過四塊枋，急著去找村內的助產士（俗稱產婆）來協助。

pak tóo thiànn kah lâu tshìn kuānn
腹肚疼甲流清汗
tshing thian phk lik hit tsit puann
青天霹靂彼一般
sènn miā khó pí khì tsit puànn
性命可比去一半
lāu bú un tsîng khah tuā suann
老母恩情較大山

註解：肚子痛到冷汗直流，傳出陣陣哀叫聲，孩子降臨有如青天霹靂一般，母親的恩情比山高，比水深，奉勸年輕朋友一定要感念父母養育之恩。

pak tóo thàng thiànn tuā siann ai
腹肚痛疼大聲哀
a má hē guān kiam pài pài
阿媽下願兼拜拜
pîng an sūn sī bô tuā gāi
平安順序無大礙
sam sing tsiú lé i beh khai
三牲酒禮伊欲開

註解：肚子痛到一直叫不停，阿嬤看了非常心疼，馬上許願拜拜，生產過程一切平安順事，她要準備祭品到廟裡還願。

sán pô kang hu lāi hâng lāi
產婆工夫內行內
gín á sūn sū lòh thôo lâi
囡仔順事落塗來
bó kiánn pîng an hó ka tsài
母囝平安好佳哉
tsún pī muâ iû thang tńg tsâi
準備麻油通轉臍

註解：助產士的工夫真的厲害，孩子順利地生下來，幸虧母子平安，準備麻油和搽仔線（早期斷臍的必備品）來施行斷臍。

sio tsuí phâng jip pâng king lāi
燒水捧入房間內
a má muá bīn tshiò hai hai
阿媽滿面笑咍咍
ū thang thuân tsong kah tsiap tāi
有通傳宗佮接代
iàu kín pò hōo tshù pinn tsai
要緊報予厝邊知

註解：溫水趕快送入房間內，全家滿面笑嘻嘻，尤其祖母最高興有得傳宗接代，把這個好消息通報給親戚朋友和左鄰右舍分享。

senn tiòh tsa bóo khah tshìn tshái
生著查某較清彩
senn tiòh tsa poo khah hiau pai
生著查埔較囂俳
tiōng lâm kin lú tíng tsit tāi
重男輕女頂一代
lâm lú pîng tíng háp ing kai
男女平等合應該

註解：較早之前農業社會，重男輕女，生女的簡單略過，生男的滿月就請客，這是上一代的習俗，現代時機不同，女男平等，生女的不比男的差。

tshut sì lòh thôo khàu tshut siann
出世落塗哭出聲
âng âng iù iù m̄ tsai iánn
紅紅幼幼毋知影
siōng kài bô îng sī tia niâ
上蓋無閒是爹娘
it sim huann hí it sim kiann
一心歡喜一心驚

註解：孩子落地哭出聲來，不知天高地厚，最忙碌的是親生父母，一是喜獲麟兒，二是如何養育長大做社會有用之才，來日方長，使父母親有點擔憂。

tsuī lán tshiūnn kuè tȯk bȯk kiô
飼咱像過獨木橋
kiann lán siong hong kiann lán sio
驚咱傷風驚咱燒
tsū sè lȧk sái kah lȧk jiō
自細搦屎佮搦尿
pē bú kan khóo khuànn ē tiȯh
爸母艱苦看會著

註解：養育子女如過獨木橋，要用心照護，小時候怕風寒，長大要面對社會百態，就學、就業等等預想不到的狀況，從小把屎把尿，為人父母的辛苦每個人都體會得到。

pē bú bô îng tsò khang khuè
爸母無閒做工課
uī tiȯh beh hōo lán hó kuè
為著欲予咱好過
tsiȧh tshīng tshit thô bô khiàm khueh
食穿迌迌無欠缺
tshī lán tsit huè koh tsit huè
飼咱一歲閣一歲

註解：父母每天忙碌的工作，為的是要給孩子們過好日子，不愁吃、不愁穿，辛苦的養育我們一年又一年的長大，每個孩子都是父母的寶貝。

tī tshù lán sī siōng hó miā
佇厝咱是上好命
tshin tsiânn pîng iú sio tsenn thiànn
親情朋友相爭疼
tuā hàn lán tiȯh tso hó kiánn
大漢咱著做好囝
pē bú ê uē lán tiȯh thiann
爸母的話咱著聽

註解：有家的孩子是最有福氣的，得到親戚朋友的寵愛，長大
要做個堂堂正正的人，也要聽從父母及長輩的教導。

thàu rsá khí tshn̂g ài tsún sî
透早起床愛準時
sūn tshiú mî phuē tiȯh ài tsih
順手棉被著愛摺
pâng king khuán hōo tsin sù sī
房間款予真四序
hȯk tsong tsíng tsê khò ka kī
服裝整齊靠家己

註解：晚上不要熬夜，清晨要準時起床，順手摺好綿被，自己
的房間要整理好，服裝整齊也不要麻煩家人。

sin thé kiān khong ū guân lí
身 體 健 康 有 原 理
tsit jit bô îng tsiah khai sí
一 日 無 閒 才 開 始
m̄ thang suî piān huat phî khì
毋 通 隨 便 發 脾 氣
tiòh ài tsún sî tsiàh tsá khí
著 愛 準 時 食 早 起

註解：身體健康是有原理的，一天忙碌才要開始，不要隨便發
脾氣，也要準時吃早餐，飽足整天的養分。

bô lūn sió tī iàh tuā tsé
無 論 小 弟 抑 大 姊
khang khuè bē sái sio e the
工 課 袂 使 相 挨 推
tshù lāi sit thâu òh hōo ē
厝 內 穡 頭 學 予 會
tuā hàn tsiah ē hó khînn ke
大 漢 才 會 好 拑 家

註解：兄弟姊妹，做工作不要互相推辭，家裡面的事務學得精
通，以後長大才能好好持家。

tsá tǹg tsiàh pá kàu hàk hāu
早頓食飽到學校
tsiām tshiánn lī khui tiòh lán tau
暫且離開著咱兜
tshut mn̂g m̄ thang pha pha tsáu
出門毋通拋拋走
thôo kha pùn sò bē sái lâu
塗跤糞埽袂使留

註解：早餐吃飽到學校，暫時離開家裡面，出門不要東奔西
跑，不要亂丟垃圾，維護環境清潔。

hàk hāu thàk tsheh kah lâng pí
學校讀冊佮人比
tshut mn̂g tiòh ài siú kui kí
出門著愛守規矩
khì tshia lâi lâi iū khì khì
汽車來來又去去
kau thong hòk tsàp ài tiunn tî
交通複雜愛張持

註解：學校讀書和同學比成績、比技藝，要遵守學校的規矩，
車多複雜，要遵守交通規則，確保自己的安全。

tshut mn̂g tio̍h ài khuànn thinn khì
出門著愛看天氣
pē bú kau tài ài ē kì
爸母交代愛會記
hōo sann sî siông ài tsún pī
雨衫時常愛準備
guā tha̍h m̄ thang hiâm huì khì
外疊毋通嫌費氣

註解：每天出門要看天氣，父母交代的事要牢記，天氣變化不
定，雨衣時常要準備，攜帶外套不要嫌麻煩，萬一天氣變化就
能派上用場。

ha̍k hāu tông o̍h tsiânn tuā tui
學校同學誠大堆
hô khì thāi jîn bē tsia̍h khui
和氣待人袂食虧
tu tio̍h su tiúnn ài hó tshuì
拄著師長愛好喙
m̄ thang kah lâng jiá sī hui
毋通佮人惹是非

註解：學校同學很多，待人和氣不會吃虧，要互相關心照料，
遇到老師或長輩要有禮貌，而且不要跟人惹是非，添加父母的
擔憂。

ha̍k hāu kui tīng ū kong kò
學 校 規 定 有 公 告
tuā sió tāi tsì lán ài o̍h
大 小 代 誌 咱 愛 學
kuānn tsuí sàu tè piànn pùn sò
掍 水 掃 地 摒 糞 埽
khuân kíng uē sing lán lâi tsò
環 境 衛 生 咱 來 做

註解：學校的規定都有公告，規定的事情都要學習，無論是提
水澆花，掃地倒垃圾樣樣來，環境衛生大家共同來參與。

ha̍k hāu tha̍k tsheh ū pōo sòo
學 校 讀 冊 有 步 數
tsò hué m̄ thang sio uàn tòo
做 伙 毋 通 相 怨 妒
lāu su kà lán o̍h ki tshóo
老 師 教 咱 學 基 礎
hōo siong kóo lē ū le sòo
互 相 鼓 勵 有 禮 數

註解：在學校讀書有很多志勵的方式，同學之間不要互相嫉
妒，以好學生做榜樣，老師教導的做人基礎，就是互相鼓勵與
扶持，注重禮節。

thȧk tsheh bô hun hó giȧh sàn
讀 冊 無 分 好 額 散
tsa poo tsa bóo bô leh hān
查 埔 查 某 無 咧 限
m̄ bián kè kàu gâu hân bān
毋 免 計 較 勢 頇 顢
tȧk ke khioh khioh tsò tsit pan
逐 家 抾 抾 做 一 班

註解：到學校不分貧富，不分男生或女生，不計較成績差別，
大家都齊聚一堂向上學習。

tông ȯh sin khu ū khuat hām
同 學 身 軀 有 缺 陷
hȧk hāu kuan sim koh khah tāng
學 校 關 心 閣 較 重
pah puann sim tsîng iōng thàng thàng
百 般 心 情 用 迵 迵
tuā hàn m̄ thang su pȧt lâng
大 漢 毋 通 輸 別 人

註解：如果同學身體有缺陷，學校更用關懷的心，運用各種模
式引導他學習成長，以後長大不輸給一般同學。

lāu su khan kà huì sim tsîng
老師牽教費心情
pē bú tī tshù khah hòng sim
爸母佇厝較放心
m̄ thang sì kè tshia puàh píng
毋通四界捙跋反
khí kuân lòh kē tiòh sió sim
起懸落低著小心

註解：老師教導費盡心思，家長在家也能安心工作，在學校不要接觸行為不當的同學，下課玩耍更要小心，注意自身的安全。

tsò lâng khí thâu tsiah khai sí
做人起頭才開始
lāu su kà lán òh tō lí
老師教咱學道理
tshut jip lāi guā ū kui kí
出入內外有規矩
kà lán tâi gí kah kok gí
教咱台語佮國語

註解：為人起步才開始，老師教我們學做人的道理，無論在家在學校或外出都要守規矩，又指導我們學國語和研究台語，傳承台語文化。

hȧk hāu thȧk tsheh tsin tshù bī
學 校 讀 冊 真 趣 味
tâi gí kok gí ȯh bat jī
台 語 國 語 學 捌 字
thȧk tsheh íng uán bô tsiong tsí
讀 冊 永 遠 無 終 止
āu pái sîng kong khò ka kī
後 擺 成 功 靠 家 己

註解：在學校讀書很有趣味，國台語學到識別字，學習向上是
永無止境的，以後的成就，就靠自己了。

thȧk tsheh tsin tsiànn tsin tshù bī
讀 冊 真 正 真 趣 味
khuànn tôo giȧh pit ȯh siá jī
看 圖 攫 筆 學 寫 字
tshin tshiūnn thȅh uánn ȯh giȧh tī
親 像 提 碗 學 攫 箸
tshiùnn kua thiàu bú ȯh líng lī
唱 歌 跳 舞 學 伶 俐

註解：學校讀書真的很有趣，看圖拿筆學寫字，好像小時候學
拿碗、拿筷子，從最基本基礎開始，還有靈巧的學唱歌和跳
舞。

thàk tsheh si̍t tsāi ū tshù bī

讀 冊 實 在 有 趣 味

tsit nn̄g sann sì o̍h sòo jī

1 2 3 4 學 數 字

āu pái tuā hàn tsò sing lí

後 擺 大 漢 做 生 理

lâm pak jī lōo kah lâng pí

南 北 二 路 佮 人 比

註解：讀書真的很有趣，壹貳參肆學數字，以後長大做生意，南來北往跟人家比高下，是要奠定在從小學習之上。

thàk tsheh si̍t tsāi tsin tshù bī

讀 冊 實 在 真 趣 味

hiong thóo bú tō liām kua si

鄉 土 舞 蹈 唸 歌 詩

bîn sio̍k tīn thâu ū ì gī

民 俗 陣 頭 有 意 義

tâi uân kua iâu su sióng khí

台 灣 歌 謠 思 想 起

註解：讀書真的很有趣，學跳鄉土舞蹈唸童謠，學校也會教導傳統的民俗陣頭，唱唱恆春歌謠思想曲，傳承鄉土文化，很有意義。

hak hāu thak tsheh tsin tshù bī
學 校 讀 冊 真 趣 味
ē tàng ke bat tsiok tsē jī
會 當 加 捌 足 濟 字
sing thài kàu tsâi tsiok tsê pī
生 態 教 材 足 齊 備
tiān náu uē tôo kiam phah jī
電 腦 畫 圖 兼 拍 字

註解：學校讀書真的很有趣，能夠認識很多字，而且生態教材
都很齊全，又有電腦構圖，也可以學打字，以後長大在職場上
都能用得到。

thak tsheh bat jī ū kàu hó
讀 冊 捌 字 有 夠 好
tshut mn̂g lōo piau khuànn tshing tshó
出 門 路 標 看 清 楚
bé bē sǹg siàu khó bē tó
買 賣 算 數 考 袂 倒
kiânn tang óng sai bô huân ló
行 東 往 西 無 煩 惱

註解：讀書識字非常好，出門看路標不會迷路，買賣結帳都考
不倒，南來北往遊山玩水沒煩惱。

lâi kàu ha̍k hāu ū uá khò
來 到 學 校 有 倚 靠
ài tsai tsun su kah tiōng tō
愛 知 尊 師 佮 重 道
siōng khò bē sái siunn ló tshó
上 課 袂 使 傷 潦 草
pàng o̍h m̄ thang luā luā sô
放 學 毋 通 賴 賴 趖

註解：來到學校是我們的依靠，要知道尊師重道，上課要專心
聽講，作業不要潦草，放學回家不要四處遊蕩，這樣老師跟家
長才能安心。

ha̍k hāu kàu tsâi nî nî sin
學 校 教 材 年 年 新
lán lâi tha̍k tsheh ài jīn tsin
咱 來 讀 冊 愛 認 真
hōo siong bián lē hó tàu tīn
互 相 勉 勵 好 鬥 陣
lāu su ka tiúnn tsi̍t ke tshin
老 師 家 長 一 家 親

註解：學校教材年年有新的學習模式，我們要把握好時機，努
力認真，互相勉勵，和同學融和在一起，老師跟家長們算是一
家親。

tshun khì tshiu lâi iū tsi̍t tang

春 去 秋 來 又 一 冬

bí hó bī lâi m̄ sī bāng

美 好 未 來 毋 是 夢

ha̍k si̍p ki huē m̄ thang pàng

學 習 機 會 毋 通 放

lán sī kok ka ê tsú lâng

咱 是 國 家 的 主 人

註解：春去秋來時間過得很快，一年又一年，在學校有機會學
習不要放棄，美好的未來不是夢，將來我們是國家的主人翁。

成長（祭母文）

kám siā pîng iú ê tsiàu kòo
感 謝 朋 友 的 照 顧
tsing sîn kóo lē kah tsān tsōo
精 神 鼓 勵 佮 贊 助
bô lūn uán tshin iáh kīn tôo
無 論 遠 親 抑 近 途
sàng lâi lé gî kah hue khoo
送 來 禮 儀 佮 花 箍

註解：感謝親戚朋友的照顧，給我精神鼓勵和贊助，不論遠親
或近鄰，送來輓聯、奠儀、花柱、花圈等等，真是感激不盡。

guân ing ting mn̂g lâi hóng tâm
原應登門來訪談
bô nāi tsiú lîng hàu tsiânn tāng
無奈守靈孝誠重
tsu to put piān tshiánn hái hâm
諸多不便請海涵
kám un put tsīn tsāi sim pâng
感恩不盡在心房

註解：原本應該把這突然的惡耗親自登門拜會，無奈守靈禁忌，諸多不便，懇請見諒，但我會把這份情誼，藏在內心深處。

kok lâng kòo sū kok lâng ū
各人故事各人有
guán ê a bú khah tik sû
阮的阿母較特殊
tuà tī kuan biō ta̍k hāng ū
蹛佇關廟逐項有
lâi tsia tsháu tshù piah kha khû
來遮草厝壁跤跍

註解：每個人都有屬於自己的故事，但，我的母親比較特殊，住在關廟人多熱鬧買賣方便的社區，嫁到龍崎交通不方便，吃的是菜脯豆醬，住的是遮不住風雨的草矛屋（早期叫竹管厝）。

a bú tuà tī khiah á kháu
阿母蹛佇隙仔口
tsiam kha iù siù lâi lán tau
尖跤幼秀來咱兜
tann tsuí khioh tshâ tāng tiánn tsàu
擔水抾柴動鼎灶
sann tǹg tshuē bô kiâm hî thâu
三頓揣無鹹魚頭

註解：母親住在關廟的隙仔口（現關廟里）閨門秀氣來到這個家，沒水沒電，只好撿柴擔水來煮飯，三餐連鹹魚頭都沒嚐過，是個很貧窮的家庭。

uī guá siau sán bīn phuê liâu
為我消瘦面皮皺
sé hàn kiann guá pak tóo iau
細漢驚我腹肚枵
hó mih hōo guá tsiảh liáu liáu
好物予我食了了
āinn kin āinn pháinn tsảp guā tiâu
偝巾偝歹十外條

註解：為了我身體消瘦，臉上出現許許多多的皺紋，怕我肚子餓有好的東西都留給我吃，連背我的布巾（俗稱偝巾）也背壞了十多件。

tsū tsiông a bú khì liáu āu
自 從 阿 母 去 了 後
kiánn jî àm tiong ba̍k sái lâu
囝 兒 暗 中 目 屎 流
a bú hâm guá kám tsîng kāu
阿 母 和 我 感 情 厚
jû kim ì king pī tsuí lâu
如 今 已 經 被 水 流

註解：自從母親走了後，想起往事，暗中流著眼淚，母子這麼
深厚的情感，如今付諸東流。

lîng tsîng sing lé pài ti thâu
靈 前 牲 醴 拜 豬 頭
put jû tsāi senn tsi̍t lia̍p tāu
不 如 在 生 一 粒 豆
pē bú tsāi senn nā iú hàu
爸 母 在 生 若 有 孝
khah iânn sí liáu tshiànn tīn thâu
較 贏 死 了 倩 陣 頭

註解：靈堂前敬拜著豬頭（因為這是民間習俗，只是表面動
作）不如生前一粒豆，在世的時候盡孝道，比往生後請陣頭表
演來得更好。

se hàn tshù lāi sàn phí phí
細漢厝內散疲疲
thák tsheh ài kiânn sì gōo lí
讀冊愛行四五里
ū tsit jit pài lák tsá khí
有一日拜六早起
a bú sim tsîng tsiok huann hí
阿母心情足歡喜

註解：小時候家裡非常貧困，到學校上課要走四五公里，記得
某一個禮拜六的清晨，母親突然心血來潮心情充滿著喜悅。

gōo kakkiò guá bé tāu ki
五角叫我買豆枝
hā khò tsiah lâi théh--tńg -khì
下課才來提轉去
siáng tsai guá bó siú kui kí
啥知我無守規矩
tham tióh tāu ki hó khì bī
貪著豆枝好氣味

註解：手上拿著五毛錢叫我去素食店買豆腐枝，還交代老闆要
多加點湯汁，下課後才拿回家做配菜，買好之後忍不住豆腐枝
的香味。

tsit lōo ná kiânn tshiú ná ni
一 路 那 行 手 那 拈
ni kah siang tshiú liâm thi thi
拈 甲 雙 手 黏 黐 黐
kàu tshù í king bô puànn ki
到 厝 已 經 無 半 枝
a bú put tàn bô tsik pī
阿 母 不 但 無 責 備

註解：路上一路走一邊偷拈，拈到雙手都黏黏的，回到家早已
偷吃光光了，母親因為疼惜我，都沒有對我一聲的責備。

kāng khuán mā sī tshiò bi bi
仝 款 嘛 是 笑 微 微
uí tāi bó ài kah tsû pi
偉 大 母 愛 佮 慈 悲
tshian san bān suí bô tè pí
千 山 萬 水 無 地 比
tsāi senn bē tàng iú hàu--lí
在 生 袂 當 有 孝 你

註解：和平常一樣，總是帶著微笑，母親的愛跟慈悲，千山萬
水也比不上，生前對她不敬，想起來真的丟臉。

jû kim huán hué í king tî
如今反悔已經遲
lîng tsîng tshin iú lâi sann sî
靈前親友來相辭
guá beh tuā siann lâi kóng khí
我欲大聲來講起
hai jî tuì lí tsin put khí
孩兒對你真不起

註解：到現在懺悔已經來不及了，靈前親友參與告別，我要跟所有親友大聲講：孩兒真對不起妳！

a bú tsāi senn bô kè kàu
阿母在生無計較
khîn khîn khiām khiām tuà lán tau
勤勤儉儉蹛咱兜
jû kim tiām tiām tsò lí tsáu
如今恬恬做你走
uî hām sàng lí tsiūnn suann thâu
遺憾送你上山頭

註解：母親生前是一個平凡的女性，不會跟別人計較，勤儉樸實住在這個家，如今安靜地離開我們，心感遺憾，披麻帶孝送母親最後一程。

tsit pái a bú nā tshut mn̂g

這擺阿母若出門

tsit khì ìng uán bô to tńg

一去永遠無倒轉

siūnn tióh sim kuann ui ui tsǹg

想著心肝搣搣鑽

pài piát a bú sim tsiok sng

拜別阿母心足酸

註解：這次送走母親之後，真的是一去不回，永遠告別了，心裡像被錐子鑽刺一般，真的不捨和心酸。

tuânn thâu sîn bîng tsin hó ì

壇頭神明真好意

thè lí tshuē tióh hó tē lí

替你揣著好地理

a bú tsin tsiànn ū hok khì

阿母真正有福氣

tsē pak ǹg lâm tsiânn sù sī

坐北向南誠四序

註解：廟裡的神明真是關心，替母親尋找好方位的安息之地，老母親真的有福氣，坐北朝南適合老人家長眠的地方。

tsāi thian tsi lîng ài pó pì
在天之靈愛保庇
tshin tsiânn pîng iú kah hiann tī
親情朋友佮兄弟
ko kuann hián tsiok hó lī tshī
高官顯爵好利市
sin thé kiān khong tsiảh pah jī
身體健康食百二

註解：祈求母親在天之靈能保佑親戚朋友和我們下一輩，大家都能夠事業有成，都有好的職場，而且身體健康，長命百歲。

kim jit jiảt tsîng ê tiûnn bīn
今日熱情的場面
guá ē sioh hok kah kám in
我會惜福佮感恩
huê pò tshin iú kah kuì pin
回報親友佮貴賓
tsit hūn kám tsîng pó jû tin
這份感情寶如珍

註解：今天這麼熱情的場面，我會以惜福和感恩的心來回報所有的親友及參與的貴賓，這份深厚的情誼，我會好好珍惜。

sió tán nā beh tò tńg --khì
小 等 若 欲 倒 轉 去
lô huân kha tshiú kah tôo tsí
勞 煩 跤 手 佮 廚 子
tām pȯh sîng ì sió tsí ki
淡 薄 誠 意 小 止 飢
tsiau thāi put tsiu mài tì ì
招 待 不 週 莫 致 意

註解：等會兒若要回家，我有請鄰居和廚師準備餐點，大家不
用客氣，小小的誠意，若有招待不週的地方，請不要介意。

tshin tsiânn pîng iú kiânn tsò hué
親 情 朋 友 行 做 伙
guá ē sîng sim lâi kau puê
我 會 誠 心 來 交 陪
nā ū sî kan tuì tsia kuè
若 有 時 間 對 遮 過
tshiánn jip tshu lāi lâi hōng tê
請 入 厝 內 來 奉 茶

註解：親戚朋友要長久在一起，我會誠心誠意來奉陪，若有時
間經過寒舍，請進來聊天喝茶。

kám siā tshù pinn tàu bô îng
感 謝 厝 邊 鬥 無 閒
jīm bū ē tàng lâi uân sîng
任 務 會 當 來 完 成
tsit hūn kám kik ê un tsîng
這 份 感 激 的 恩 情
í āu guá ē bān bān hîng
以 後 我 會 慢 慢 還

註解：非常感謝左鄰右舍不吝相助，完成母親的告別式，這份
感激的恩情，以後我會慢慢償還。

失智症

sî kan bô tsîng tshiūnn liû tsuí
時 間 無 情 像 流 水
tsiàh lāu siōng kiann peh lâu thui
食 老 上 驚 跙 樓 梯
peh bô sann khám thóo tuā khuì
跙 無 三 坎 吐 大 氣
kut thâu tshin tshiūnn tsiam leh ui
骨 頭 親 像 針 咧 揻

註解：時間無情像流水一般，想當年童年趣事，如今老態龍鍾，行動遲緩，而且最怕爬樓梯，爬沒幾步就氣喘，老骨頭有如穿針般的痛苦。

kiânn lōo bē ún tshia̍k tshia̍k tiô
行路袂穩嚓嚓趒
phông kong bô la̍t kāu pàng jiō
膀胱無力厚放尿
bí kim tòng tsò sin tâi phiò
美金當做新台票
io sng puē thiànn nńg siô siô
腰痠背疼軟荍荍

註解：走路不穩，東倒西歪，膀胱無力尿失症，經常要小便，
美金當作新台幣，整天腰痠背痛，全身無力軟綿綿。

tsia̍h lāu nā sī bô kì tî
食老若是無記持
bē kì pa̍t lâng kah ka kī
袂記別人佮家己
bông bông biáu biáu kuè ji̍t tsí
茫茫渺渺過日子
tsit kang kau àm kāu huâi gî
一工到暗厚懷疑

註解：老年人若是記憶力不清，忘記自己認不清別人，朦朦晃
神，晃晃悠悠過日，而且疑東疑西，這是失智的象徵。

í á tsē--lȯh tō tuh ku
椅仔坐落就盹龜
khí kuân lȯh kē ài lâng hû
起懸落低愛人扶
kóng uē tuā tsih koh tîng kù
講話大舌閣重句
tsit nî thàng thinn nāu tsîng sū
一年迵天鬧情緒

註解：一坐椅子就打肫，走起路來需要人扶持，講話不清楚又
重複不停，情緒時常不穩定。

siūnn tang siūnn sai bô sî tiānn
想東想西無時定
tuā lōo tòng tsò mn̂g kháu tiânn
大路當做門口埕
ū tsînn kiann lâng khì thau niá
有錢驚人去偷領
huâi gî bóo khi thó khè hiann
懷疑某去討契兄

註解：胡思亂想而沒有定性，大馬路當作自己家的庭院，有存
款怕人去偷領，懷疑自己的太太搞外遇。

sit tì huān tsiá pháinn sik ìng
失智患者歹適應
m̄ sī tsit jit lâi tsō sîng
毋是一日來造成
kìnn tiòh tshin lâng bô huán ìng
見著親人無反應
tiān uē tsū tsí hun bē bîng
電話住址分袂明

註解：失智的患者很難照料，而他不是一天來造成的，見到自己親人漸漸沒反應，連自家的地址和電話都搞不清楚。

tshuì khoo m̄ tsai thang hó tshing
喙箍毋知通好清
sann khòo ka kī bē hiáu tshīng
衫褲家己袂曉穿
bē hiáu khòng tsè sio kah líng
袂曉控制燒佮冷
tāu iû tòng tsò kún tsuí lim
豆油當做滾水啉

註解：吃完飯自己的嘴巴都不會打理，自己的衣褲也穿不好，冷熱也不能控制，把廚房的醬油當作開水喝。

sit tì ê lâng khah pȯk sò
失智的人較暴躁
tsîng sū bē ún kāu li lo
情緒袂穩厚哩囉
lōo pinn pùn sò tòng tsò pó
路邊糞埽當做寶
sái jiō thȯh lâi sńg tshit thô
屎尿提來耍迌迌

註解：失智的人比較暴躁，情緒不會穩定而叫鬧不停，路邊的
垃圾都是他的寶，連自己的大小便都拿來當玩具。

kui kang put sî leh huah iau
規工不時咧喝枵
khuànn tiȯh sit bȯt tòng bē tiâu
看著食物擋袂牢
ping siunn mih kiānn puann liáu liáu
冰箱物件搬了了
tshut mn̂g sī sè tuè tiâu tiâu
出門序細綴牢牢

註解：整天常常喊肚子餓，一看到食物就想要吃，冰箱裡的東
西都搬光了還說要吃，出門後輩要跟緊或裝追踪器。

in uī sit tì ê kuan hē
因 為 失 智 的 關 係
jit siông sing uàh tshut būn tê
日 常 生 活 出 問 題
pēnn lâng bô huat thang khòng tsè
病 人 無 法 通 控 制
jû hô bīn tuì sī khò tê
如 何 面 對 是 課 題

註解：因為失智的關係，日常生活常常出問題，患者自己無法
控制，後輩們如何來面對，如何來承擔是一個重大的課題。

sit tì ka siòk sī liông i
失 智 家 屬 是 良 醫
ài ū sim lí ê tsún pī
愛 有 心 理 的 準 備
hun tam tsik jīm kiânn--lòh -khì
分 擔 責 任 行 落 去
hōo siong tsiàu kòo mài iân tî
互 相 照 顧 莫 延 遲

註解：家裡有失智的人，其實家屬才是良醫，每人都要有心裡
的準備，耐心照護，把這個重大的任務共同分擔，而且要有醫
療常識，互相照料，不要一拖再拖。

khuànn tsheh kiânn kî to ūn tōng
看冊行棋多運動
tsham ú uảh tāng ài jīn tông
參與活動愛認同
phiah bián hueh ap lâi tshiau pōng
避免血壓來超磅
hueh thn̂g siunn kuân hueh tsi hông
血糖傷懸血脂肪

註解：失智的人要鼓勵他看書、運動或下棋，參與公眾活動，
避免獨自生活，預防血壓、血糖、血脂肪指數過高。

sann tn̄g tsiảh sit ài tsìng siông
三頓食食愛正常
tsē tsió lóng mā ài sik tiong
濟少攏嘛愛適中
thé tāng nā sī it tit tiòng
體重若是一直漲
ài tshuē i sing lâi tsham siông
愛揣醫生來參詳

註解：一日三餐的食量要正常，多少都要適中，如果發現體重
一直增加，趕快就醫找醫生商量。

muí ám beh khùn ài kòo tīng
每暗欲睏愛固定
beh khun tsìn tsîng tsuí mài lim
欲睏進前水莫啉
ji̍t--sî mài tsiūnn bîn tshn̂g tíng
日時莫上眠床頂
tsia̍h io̍h i sing lâi tsí tīng
食藥醫生來指定

註解：每晚睡覺時間要固定，睡前不要喝水，白天控制不要睡覺，把睡眠集中在晚上，服用藥品要依醫師指示。

mài hâm pēnn lâng tuā sè siann
莫和病人大細聲
thê tshénn tshin iú kah lâng miâ
提醒親友佮人名
àm sî sik lāi ū kng iánn
暗時室內有光影
tīng sî puê i sì kè kiânn
定時陪伊四界行

註解：不要和病人大小聲，時常提醒親人和周邊熟人的名字，晚上要保持有光線，定時陪他四處走走逛逛。

sit tì mā ē kiann kiàn siàu
失 智 嘛 會 驚 見 笑
sin khu beh sé bān bān tiâu
身 軀 欲 洗 慢 慢 調
sann khòo m̄ thang thǹg liáu liáu
衫 褲 毋 通 褪 了 了
tiōng iàu pōo uī kòo hōo tiâu
重 要 部 位 顧 予 牢

註解：失智的人也會怕害羞，洗澡要慢慢調整，衣服不要全部
脫光光，不要讓他太曝露，因為他害怕別人看到重要部位。

sin khu sé liáu ài tsióng lē
身 軀 洗 了 愛 獎 勵
siunn kuè tshoo lóo i ē the
傷 過 粗 魯 伊 會 推
khin siann sè sueh ài hó lé
輕 聲 細 說 愛 好 禮
uî hōo an tsuân sī liông tse
維 護 安 全 是 良 劑

註解：洗完澡要給病患鼓勵，不要用粗暴方式，要好言相勸，
有條件地獎勵，最重要是要維護病人的安全，才不會有其他的
意外。

sit tì pēnn huān sī bû koo
失智病患是無辜
ìng hù huān tsiá ū pōo sòo
應付患者有步數
kiông tsè iok sok tian tò lóo
強制約束顛倒魯
un jiû thé thiap lâi tsiàu hōo
溫柔體貼來照護

註解：失智的人造成家屬的勞累是無辜的，應付患者有很多方式，強制約束會給他不安的感覺，導至發脾氣，溫柔體貼才不會有恐懼感。

tsiàh pn̄g khuân kíng ài an tsīng
食飯環境愛安靜
khah bē sim kuann hun nn̄g pîng
較袂心肝分兩爿
îng ióng pîng kin hōo i kíng
營養平均予伊揀
uánn kong tī phiat ài hun bîng
碗公箸砸愛分明

註解：吃飯的環境要安靜，太雜吵的地方會使他分心，要用營養均分的食物給他選擇，份量不要太多，碗筷也要分清楚，使他有習慣性。

mài tsiảh siunn tinn ê ím liāu
莫 食 傷 甜 的 飲 料
siunn phang i ē tòng bē tiâu
傷 芳 伊 會 擋 袂 牢
kiám tsió iû tsho kài tiōng iàu
減 少 油 臊 蓋 重 要
puê i tsiảh pn̄g bē bô liâu
陪 伊 食 飯 袂 無 聊

註解：不要喝太甜的飲料，太有香氣抵擋不過他的食慾，會吃
過多，油膩炸類盡量減少，而且要有人陪他吃飯，使他有安全
感。

nā sī sann tǹg m̄ ài tāng
若 是 三 頓 毋 愛 動
piáu sī sin thé bē khin sang
表 示 身 體 袂 輕 鬆
kua khik im gảk thẻh lâi pàng
歌 曲 音 樂 提 來 放
uánn tī kán tan khah hó phâng
碗 箸 簡 單 較 好 捀

註解：如果發現三餐食慾不振，表示身體有狀況，可放些老年
代的音樂或歌曲助他回憶童年往事，增進神智流暢，而碗盤愈
簡單比較容易分辨，使他感到不會感到很複雜。

huat hiān mih kiānn thun bē lòh
發現物件吞袂落
put sî ka sàu gāi sit tō
不時咳嗽礙食道
tsīn liōng tsu sè mài hōo tó
盡量姿勢莫予倒
kín tshuē i sing lâi tsí tō
緊揣醫生來指導

註解：如果發現食物吞嚥困難，容易咳嗽時，會傷害食道，此
時盡量不要讓他倒躺，而且要趕快去醫院找醫生處理。

倚靠

khah tsá kiâm hî tiàu puànn piah
較早鹹魚吊半壁
tsí ū phīnn bī bô thang tsiah
只有鼻味無通食
tsit tsūn iû tsho tsiah kah ià
這陣油臊食甲厭
tshài té liân káu to m̄ tsiah
菜底連狗都毋食

註解：早期生活貧困，買回來的鹹魚掛在牆壁備用，孩子們只聞到魚腥味而吃不到，看著流口水，不像現在生活進步，食物充足，剩餘的飯菜連狗都不要吃了。

tsi̍t lia̍p âng ku peh tsò pîng
一粒紅龜擘做片
gín á bē sái tshiúnn tāi sing
囡仔袂使搶代先
bē sái tshun tshiú ka kī kíng
袂使伸手家己揀
beh tsia̍h bē sái siunn tham sim
欲食袂使傷貪心

註解：農業時代，一粒小小的紅龜粿（祭拜供品）要分做兩塊或四塊，因為孩子多分不夠，要守規矩不能搶著吃，而且不能隨便去選，等大人下口令才能享用，使用食材不能貪心，父母為了公平只好下了這個決策。

sè hàn lóng thì kim kong thâu
細漢攏剃金光頭
senn thâu huat bué phīnn ná lâu
生頭發尾鼻那流
hôo sîn ài tsam lia̍p á thâu
胡蠅愛沾粒仔頭
phah tio̍h hueh tsuí tsha̍p tsha̍p lâu
拍著血水潽 流

註解：小時候理髮店離家太遠，大部分都自家理光頭，衛生也不盡理想，頭部出現顆粒硬塊，有腫爛的狀況，而蒼蠅最愛沾爛的顆粒，用手拍打會有流血水的現象。

koo ioh tah kàu king kah thâu
膏藥貼到肩胛頭
hiunn huè phāinn leh tsáp guā pau
香火揹咧十外包
ài khùn phak tiàm hōo tīng thâu
愛睏覆踮戶模頭
sán ki loh hioh tshiūnn giàn thâu
瘦枝落葉像癮頭

註解：生瘡的藥布貼滿頭部延到肩膀，廟裡求來的香火掛了好幾包，想睡趴在門框下，營養不良瘦如柴枝，看起來有點癡呆。

pē bú khang khuè tī guā thâu
爸母工課佇外頭
hit jit oo im bô jit thâu
彼日烏陰無日頭
sit thâu tsò liáu suah kuè thâu
穡頭做了煞過頭
hiông hiông tńg lâi mn̂g kha káu
雄雄轉來門跤口

註解：父母都在外做工作，有一天天氣陰涼沒太陽，做到過午後才回家，因為擔心家裡小孩還沒吃飯，匆匆忙忙回到家門口。

khuánn guá phak tī thôo kha tau

看我覆佇塗跤兜

tshun tshiú kā guá bong hiàh thâu

伸手共我摸額頭

phah kuânn phah juàh phīnn ná lâu

拍寒拍熱鼻那流

a pah suah lâi kat bàk thâu

阿爸煞來結目頭

註解：看我趴在門檻上有點不對勁，伸手摸我的額頭，忽冷忽熱而鼻水直流，爸爸隨即皺起眉頭，顯出憂愁不安的樣子。

gín á gōng gōng m̄ tsai háu

囡仔戇戇毋知吼

pēnn īnn tsiok hn̄g tī tshī thâu

病院足遠佇市頭

a bú bô kòo tāng tiánn tsàu

阿母無顧動鼎灶

iàu kín tshenn tsháu tiòh khì khau

要緊青草著去薅

註解：我呆呆傻傻不曉得哭鬧，醫院很遠要到市區，母親連午餐都不顧煮，忙著去拔藥草偏方，想要醫治我的病況。

sio hiunn hē guān kiam khàu thâu
燒香下願兼叩頭
kóng kah ba̍k sái nih nih lâu
講甲目屎瞤瞤流
siánn mih kha pōo nā ta̍h kàu
啥物跤步若踏到
sam sing tsiú lé pài ti thâu
三牲酒禮拜豬頭

註解：母親下跪又叩頭，說到眼淚一直流，如果孩子平安無事，到時候會以三牲酒禮敬拜得罪的陰陽神聖（一般民俗叫下願）。

tshenn tsháu ká tsiap tsia̍h bô hāu
青草絞汁食無效
a pah lú kip kuānn lú lâu
阿爸愈急汗愈流
iàu kín tsáu kàu lán tuânn thâu
要緊走到咱壇頭
puann tshiánn sîn bîng kàu thiann thâu
搬請神明到廳頭

註解：母親的青草絞汁吃了無效，父親一直冒冷汗，看他加緊腳步跑到廟裡（草地沒有大型的廟，謂之壇頭）奉請神明到自家來，準備請示指點迷津。

lô huân tâng ki kah toh thâu
勞煩童乩佮桌頭
tshíng káu sîn bîng mn̄g khang thâu
請教神明問空頭
âng thâu tsiù gí liām bē thàu
紅頭咒語唸袂透
tâng ki tsiok kín tō tshut thâu
童乩足緊就出頭

註解：勞煩乩童和法師（俗稱童乩桌頭）施法，請教神明到底哪裡出差錯，法師咒語唸不到一半，乩童很快就降駕指點。

tuânn thâu sîn bîng ū kàu gâu
壇頭神明有夠勢
kóng guán bô khì pài tshân thâu
講阮無去拜田頭
tik sit tiòh thóo tī kong thâu
得失著土地公頭
guân liōng tē tsú siūnn bô kàu
原諒弟子想無到

註解：廟裡的神明真靈驗，降乩指示，說我們得罪了土地公（掌管五穀收成的福德正神），父親回說，事忙一時沒想到這是慣例，奉請神明轉達，盼土地公能見諒！

āu pái m̄ kánn lâi lài kau
後擺毋敢來落勾
iàu kín lôo tan tio̍h lâi phàu
要緊爐丹著來泡
tsîng sann āu sì kiam luǎh thâu
前三後四兼挒頭
lim--lo̍h má siōng kiàn kong hāu
啉落馬上見功效

註解：父親說以後收成一定會去祭拜，法師拿杯子裝開水摻著香灰（俗稱爐丹）在我身上揮了幾下，又喝了三口，說也奇怪馬上就好轉，舒服多了。

iàu kín tsàu kha tāng tiánn tsáu
要緊灶跤動鼎灶
a pah tshiánn hun tê tio̍h phàu
阿爸請薰茶著泡
âng tsuá the̍h lâi pau âng pau
紅紙提來包紅包
tap siā tâng ki kah toh thâu
答謝童乩佮桌頭

註解：母親廚房開始起火忙碌準備佳餚，父親忙著泡茶，還去找了紅包袋包紅包，答謝乩童和法師的幫忙。（依我的記憶，早期沒有紅包袋，只有紅紙把錢框在裡面。）

khuànn kiánn khah hó sim kat tháu
看囝較好心結敨
a bú huann hí tsāi sim thâu
阿母歡喜在心頭
tsîng hūn kā lán tsò tsiah kàu
情份共咱做遮到
tsún pī lâu in tuà lán tau
準備留個蹛咱兜

註解：父母看我情況轉好，非常高興也非常感激，解開心結，
準備請乩童和法師在家做客。（因為早期路況不佳，只能徒步
回程，請兩位吃飽飯回家也已表達謝意。）

sè hàn lo so kāu sū thâu
細漢囉嗦厚事頭
bák tsiu kāu hán koh khok thâu
目睭厚蚶閣擴頭
n̂g sng tah mèh ná tiòh kâu
黃酸搭脈若著猴
tshin tsiânn pîng iú lóng hàinn thâu
親情朋友攏幌頭

註解：小時候身體常常不適，營養不良十之八九都沒看醫生，
只好奉請神明來指示，長得不像樣，有如瘦皮猴，親戚朋友看
了直搖頭。

pē bú un tsîng siōng kài kāu
爸母恩情上蓋厚
nā sī huat sio khuh-khuh-sàu
若是發燒呿呿嗽
puann tshiánn ki tâng kah toh thâu
搬請乩童佮桌頭
tsông kah phīnn hueh siang kóng lâu
傱甲鼻血雙管流

註解：父母養育兒女的恩情最大，一旦發高燒、咳嗽、流鼻水，只因醫療不方便就去拜託當地的乩童和法師指點疑惑（傱甲鼻血雙管流），四處奔波，忙碌不堪。

lán lâi tshut sì siann siann háu
咱來出世聲聲吼
âng âng iù iù jip lán tau
紅紅幼幼入咱兜
m̄ tsai thinn tē ū guā kāu
毋知天地有偌厚
phak tī a bú king kah thâu
覆佇阿母肩胛頭

註解：人從母體出生，聲聲哭叫，蒙昧的進入這個家庭，不知天高地厚趴在母親的肩膀上，母子連心。

jû kim pē bú í king lāu
如今爸母已經老
m̄ thang koh hōo pē bú tshau
毋通閣予爸母操
khǹg lán tsò lâng tiȯh iú hàu
勸咱做人著有孝
sī sè í king leh tshut thâu
序細已經咧出頭

註解：如今我們已經長大，而父母逐漸衰老，不要再給爸媽帶
來操勞，奉勸我們一定要孝敬父母，因為我們下一代也慢慢長
大，做個好榜樣傳承給後輩。

sī tuā tsit lâng tsò tsit táu
序大一人做一斗
siàu liân bô îng bú kah lāu
少年無閒舞甲老
ǹg bāng āu tāi ē tshut thâu
向望後代會出頭
pē bú un tsîng tshiūnn suann thâu
爸母恩情像山頭

註解：人生只有一次斗斛之祿（微薄的俸祿），為了生計忙碌
一生，都寄望下一代能出人頭地，父母養育之恩比山更高。

un tsîng m̄ thang pàng tsuí lâu
恩情毋通放水流
ngóo gik sī tuā tsiah khóo thâu
忤逆序大食苦頭
phah jip tē hú pháinn huê thâu
拍入地府歹回頭
tâng si iân suànn kǹg nâ âu
銅絲鉛線貫嚨喉

註解：父母的恩情千萬不能忘記，不孝順父母，違反天理，不但老天爺不會原諒你，入地獄也會吃盡苦頭，鬼卒會用銅絲貫穿你的喉嚨。

安心護療、寧靜佑持

jîn sing tsuè āu tsi̍t kai tuānn
人生最後一階段
senn sí tsi kan sio kau puânn
生死之間相交盤
tshin tsiann pîng iú tsáu lâi khuànn
親情朋友走來看
ba̍k tsiu bē khui tshuì lâu nuā
目睭袂開喙流瀾

註解：人生走到最後一個階段，生死別離交纏之間，親朋好友來探望，只是眼睛張不開，嘴流口水，意志不能集中，神志不清。

lī khui jîn kan hit tsit bōo
離開人間彼一幕
lâng lâng pit king ê lōo tôo
人人必經的路途
peh tshn̂g khàng tshio̍h kiò kan khóo
爬床控蓆叫艱苦
sîn sian lân kiù hu̍t lân tōo
神仙難救佛難渡

註解：離開人世那一幕是人人必經的路途，此時坐立難安，家屬扶持，醫療急救，死神呼喚，神仙也無法救治。

siū tsiong pēnn thiànn lân kái tû
壽終病疼難改除
kî hîng kuài tsōng ta̍k hāng ū
奇形怪狀逐項有
kú tn̂g pēnn ū put hàu tsú
久長病有不孝子
su sing mā ē piàn bóng hu
書生嘛會變莽夫

註解：壽終前的病痛難以解除，各式各樣的狀態都有，病況也都不一樣，俗語說「久長病著有不孝子」無論高學歷或富家豪門，長輩們病痛一但拖久了就會出現莽夫。

jiám tiòh tsuàt tsìng tsin pháinn i
染著絕症真歹醫
jîn tsîng sè sū pàng lī lī
人情世事放離離
put kiû hó senn kiû hó sí
不求好生求好死
khì sòo kai tsiong put liû sî
氣數該終不留時

註解：身體得了絕症要恢復很難，過去的風光遠離而去，人：
不求好生，但求好死，一但地獄的死神向你招手，一刻也留不
住。

tó tsāi pēnn tshǹg hûn phiau phiau
倒在病床魂飄飄
bô khuì thang tshuán tòng bē tiâu
無氣通喘擋袂牢
tuā tâng sè tâng siang pîng tiàu
大筒細筒雙爿吊
kha tshiú hōo lâng pàk tiâu tiâu
跤手予人縛牢牢

註解：倒在病床身魂不定，呼吸困難，打針又要吊點滴，渾然
不能自主，嚴重時雙手雙腳會被醫護人員綁住，控制行動。

tsit khuán pi tshám ê tsîng kíng
這 款 悲 慘 的 情 景
iú jû bān tsìnn lâi tshuan sim
有 如 萬 箭 來 穿 心
ka siòk kuan sim pháinn tì ìm
家 屬 關 心 歹 致 蔭
sènn miā tshiūnn tī hong tiong ting
性 命 像 佇 風 中 燈

註解：這種悲慘的情況，有如萬箭穿心，家屬致力關心也無所適從，難以庇蔭，生命跡象有如風中燈一般，有可能隨時滅掉。

gâm tsìng pēnn tsiá kàu bué kî
癌 症 病 者 到 尾 期
sin khu tshah kóng tsuân hueh si
身 軀 插 管 全 血 絲
i liâu huì iōng làp bē khí
醫 療 費 用 納 袂 起
ka siòk huān tsiá lióng siong pi
家 屬 患 者 兩 傷 悲

註解：癌症的病患到了尾期，身體被插管而沾上血跡，醫療費用又繳不起，家屬蠟燭兩頭燒。

tsiàu kòo tshin lâng to gī lūn

照顧親人多議論

hiann tī tsí muē luān hun hun

兄弟姊妹亂紛紛

tsit ê ka tîng suànn phún phún

一个家庭散翩翩

hū tsè pháinn tshing tsînn pháinn pun

負債歹清錢歹分

註解：照顧親人意見分歧，兄弟姊妹亂成一團，家庭成員不能
凝聚一心，負責難清，有錢難分。（負債或遺產的分配，都有
法律的規範，遺產：知足就好，畢竟它是多餘的，不是自己
賺來的，如果沒有福報不知珍惜，再多的財富最後也化為烏
有。）

m̄ sī ngóo gik sī tuā lâng

毋是忤逆序大人

hué sio koo liâu tsuân bô bāng

火燒罟寮全無網

bô hāu i liâu m̄ guān pàng

無效醫療毋願放

tsuè āu tsiah khui sī tshin lâng

最後食虧是親人

註解：不是違逆親人長輩，所有療程都沒希望，無效的醫療方
式不願放棄的話，最後吃虧的是最親近的家人。

kip kiù bô hāu ê i liâu
急救無效的醫療
lōng huì tsu guân kāu khai siau
浪費資源厚開銷
tshâ bí iû iâm khah tiōng iàu
柴米油鹽較重要
sann tǹg pn̄g uánn kòo hōo tiâu
三頓飯碗顧予牢

註解：急救無效的醫療方式，不但浪費資源和金錢，還是以家庭生計較為重要，日常生活要重長計畫。

khui to tshah kóng bô kong lô
開刀插管無功勞
tshin lâng bô îng kāu phun pho
親人無閒厚奔波
an llîng liâu hōo ū phuè thò
安寧療護有配套
kiam kòo sū gia̍p bān sū hô
兼顧事業萬事和

註解：既然開刀插管沒有特別功效，親人為了家計又忙於奔波，兩面不討好的話，政府有安寧療護的規畫，家屬能事業兼顧，是最佳的選擇。

tsū jiân óng sing kiò an lîng
自然往生叫安寧
tshah kóng tshui tshân kiò khok hîng
插管摧殘叫酷刑
an lîng liâu hōo ū jîn sìng
安寧療護有人性
kiann kuè an siông ê lú thîng
行過安詳的旅程

註解：自然往生叫安寧，氣切插管叫酷刑，安寧療護較有人性
的決擇，使患者走過安詳的旅程。

an lîng tshik uē ū ì gī
安寧策畫有意義
tsiàu kòo pēnn huān hó tshòo si
照顧病患好措施
m̄ bián tshah kóng iōng ki khì
毋免插管用機器
tsū jiân kiânn kuè lîm tsiong kî
自然行過臨終期

註解：政府安寧策畫有意義，是照顧病患的好措施，不必插管
用機器安然地走過臨終危險期。

tsun tiōng tsua̍t tsìng ê pēnn huān
尊重絕症的病患
káim khin pēnn thiànn kuè lân kuan
減輕病疼過難關
an lîng i liâu siōng uân buán
安寧醫療上圓滿
sim lîng tsiàu kòo hó liû thuân
心靈照顧好流傳

註解：尊重絕症的病患，減輕病痛度過人生必經的途徑，安寧療護是完美的措施，心靈的照護要流傳下去，希望病患及家屬能多加善用。

pîng sing uî su ài kau tài
平生遺書愛交代
siông sè kóng hōo tshin lâng tsai
詳細講予親人知
kiánn jî sī sè ū tsú tsái
囝兒序細有主宰
m̄ bián huat īnn khì phoo pâi
毋免法院去鋪排

註解：平生的遺書要好好交代清楚，詳細講給親人知悉，使親人有主宰和打算，不要為了負債和遺產讓親人打官司而由法院判決。

sūn kî tsū jiân sin kuan liām
順 其 自 然 新 觀 念
sin khu m̄ thang tsò bah tiam
身 軀 毋 通 做 肉 砧
kiânn kàu tsuè āu ê tsiong tiám
行 到 最 後 的 終 點
bông tsiá mā ài ū tsun giâm
亡 者 嘛 愛 有 尊 嚴

註解：順其自然往生的新觀念，不要做氣切、插管的舊思維，
不要讓病患茫然痛苦，人生到最後的終點站，也要給亡者一個
尊嚴。

i liâu thuân tuī lâi kóo lē
醫 療 團 隊 來 鼓 勵
jû hô siān tsiong sī khò tê
如 何 善 終 是 課 題
hòng khì kip kiù hó khòng tsè
放 棄 急 救 好 控 制
tui kiû lí sióng kiânn tâng tsê
追 求 理 想 行 同 齊

註解：醫療團隊一直推動安心療護，如何善後是個課題，放棄
急救各種方式，安寧佑持，給亡者安詳走向極樂世界。

pîng sing hong hiám ài tsún pī
平生風險愛準備
an lîng i liâu tī bué kî
安寧醫療佇尾期
iàu kín tsu liāu khì ting kì
要緊資料去登記
tāi tāi siong thuân mài the sî
代代相傳莫推辭

註解：平生的風險要預防，安寧醫療到最後階段，同意放棄插管等等急救行為，詳細資料請去醫療單位或當地衛生所登記，而且要一代一代留傳下去。

二十四節氣

sù sî tsi sí uî lip tshun
四時之始為立春
tong ji̍t thinn tsîng bô oo hûn
當日天晴無烏雲
piáu sī hong tiâu iū ú sūn
表示風調又雨順
hōo tsuí tshiong tsiok huānn ài sûn
雨水充足岸愛巡

註解：大寒後半個月為「立春」立春當日，如果天氣清朗，表示今年風調雨順，農作物收成良好，雨水充沛，農夫們要時常巡視田埂，防止崩塌及漏水現象，保持作物適量水分，發育成長順暢。（立春為陽曆二月四日或五日）

tshun thinn nā ū tām po̍h kuânn
春天若有淡薄寒
thinn tíng hōo suí jû kam tsuânn
天頂雨水如甘泉
tang thinn nā kuânn hōo sì suànn
冬天若寒雨四散
tshut mn̂g m̄ thang pha̍k phuē tuann
出門毋通曝被單

註解：春天如果帶點寒意，今年雨水溫和如甘泉四季如春。冬天很冷的話，四季不分，雨水難以預測，所以婦女朋友外出不在家的話，不要晒衣服、棉被，以免被急時雨淋濕了。

guân tàn ji̍t tshing hûn tiong thian
元旦日清雲中天
hōo tsuí bông bông sī hong liân
雨水濛濛是豐年
li̍p tshun bô hûn ji̍t thâu hiān
立春無雲日頭現
tshiu āu hong siu tī gán tsiân
秋後豐收佇眼前

註解：元旦當天，日正當中，是有季節雨，這種節氣，今年是五穀豐收的「最喜立春晴一日、農夫不用力耕田」立春當天天上無雲，太陽露臉，今年秋收也是豐富的。

248

lip tshun nā sī oo im thinn
立春若是烏陰天
pit sī ū seh khó huānn nî
必是有雪澇旱年
lân tit ū tsuí hōo mî mî
難得有水雨綿綿
ngóo kok hong siu hó kuè nî
五穀豐收好過年

註解：立春當天是滿天烏雲的天氣，今年必有旱災之慮，不宜栽種農作物，如果立春當天細雨綿綿的話，是今年五穀豐收的好季節。

jī guėh tshe jī nā tân luî
二月初二若霆雷
tiū bué khah tāng kuè tshìn thuî
稻尾較重過秤錘
kenn tit tong jit luî jû kuí
驚蟄當日雷如鬼
tiū bí ngóo kok khah siòk tsuí
稻米五穀較俗水

註解：陰曆二月初二是土地公生日，當天如果有打雷今年稻米必定大豐收，陽曆三月五日或六日雷大如鬼（當天是驚蟄日），那麼今年的五穀價格必定便宜。（土地公尊稱福德正神，是民間最親近的保護神，掌管運勢、財氣、做生意、五穀作物，山神墓地，無論陰陽，皆有象徵祭拜土地公的神位。）

tshun hun ū hōo pēnn lâng hi
春分有雨病人稀
him hông gue̍h tiong sann báu sî
欣逢月中三卯時
tò tshù hong siu thiann niáu gí
到處豐收聽鳥語
tsai tsìng pòo tshân hó sî ki
栽種佈田好時機

註解：春分這一天南北半球晝夜長短最為平均，今天有雨，染病者稀。春分這天遇到卯年、卯時、卯日，到處鳥雨花香，是播田豐收的時機。（春分為陽曆三月二十一日或二十二日）

jī--gue̍h kenn ti̍t luî bô tāng
二月驚蟄雷無動
li̍p hē ū hōo hó nî tang
立夏有雨好年冬
kenn ti̍t nā sī luî siann kàng
驚蟄若是雷聲降
hōo tsuí tsē kah im kha tâng
雨水濟甲淹跤胴

註解：驚蟄當日沒雷聲而立夏有雨表示是播種豐收的好時機，驚蟄當天如果雷聲風雨大，則是全年雨水飽滿，有損作物，俗語說「驚蟄聞雷，穀米濺似泥」。

tseh khuì lâi kàu tshun hun sî
節氣來到春分時
tang káng pe̍h tuà tsiànn tong sî
東港白帶正當時
jī gue̍h tshe jī hó thinn khì
二月初二好天氣
tshing bîng oo im puē bōng sî
清明烏陰培墓時

註解：節氣來到春分，東港的白帶魚正是豐收，全國播種山藥也是時候，而二月初二土地公生日那天天氣明朗，清明掃墓那天則是陰天的狀況。

bān bu̍t kiat hián sio̍k tshing bîng
萬物潔顯屬清明
tui liām tsóo sian su tshin tsîng
追念祖先思親情
tshun ú mî mî tseh khuì lìng
春雨綿綿節氣冷
sún lông bô îng tsai tik pîng
筍農無閒栽竹丬

註解：清明穀雨迎桐月，顯現萬物皆春發芽期，是清明也是台灣懷念思親掃墓的傳統禮俗，季節帶點冷意，春雨綿綿，此時栽種竹筍最佳季節，也有人稱「清明前，栽竹丬」。
（一九七五年四月五日蔣中正過世，政府將清明節定為國定假日，放假一天，也就是民族掃墓節。）

pah kok tsu sing kok hōo lâi
百穀滋生穀雨來
thô á lí á tsài muá tâi
桃仔李仔載滿台
sat ba̍k hî tsai lâng lâng ài
虱目魚栽人人愛
an pîng tshiah tsang ji̍p káng lâi
安平赤鯮入港來

註解：陽曆四月二十或二十一日是穀雨，雨水充足滋生百穀，此時桃李滿山，農民高興收成。虱目魚苗是漁民搶手貨，安平港的赤鯮也傳來豐收。

kuì tshun hong hōo bē un jiû
季春風雨袂溫柔
iân tshun un i̍k bān bîn iu
沿村瘟疫萬民憂
tshing bîng hong nā lâm pîng khì
清明風若南爿起
kin nî tsok bu̍t hong siu kî
今年作物豐收期

註解：季春的天氣時好時壞，表示村裡有瘟役，家禽受損，百姓擔憂。如果清明當天風起南方，預測今年作物大收成。

tshing bîng tsiap--lâi sī kok hōo
清明紲落是穀雨
n̂g muâ tshang á kín lo̍h thôo
黃麻蔥仔緊落塗
tshài kue thôo tāu hó tsiàu kòo
菜瓜塗豆好照顧
kú tshài ìng tshài tsiok tuā bôo
韭菜蕹菜足大模

註解：清明接下來就是穀雨，如果要種黃麻、大蔥、絲瓜、韭菜、番茄、花生、甕菜、菜豆、芥菜、白芋、花生、茄子、胡瓜……等等，要把握這個季節。（穀雨為陽曆四月二十或二十一日）

tshe it lo̍h hōo ū kìm khī
初一落雨有禁忌
ngóo kok ū hue kiat bô tsí
五穀有花結無子
tshe jī lo̍h hōo pháinn ji̍t tsí
初二落雨歹日子
tiū á lo̍h puî kuah bô bí
稻仔落肥割無米

註解：陰曆四月稱梅月，也漸漸進入夏季，四月初一下雨不好，雖然種了五穀，但好景不常，有的開花了但並無結果、影響收成；初二下雨也不見得好，稻子除草施肥，但不結穗，俗稱「歹年冬」。

lip hē hit jit bô lȯh hōo
立夏彼日無落雨
lê pê ko kuà bián kō thôo
犁耙高掛免滒塗
sió buán tong jit thinn nā oo
小滿當日天若烏
tuā hōo nā lâi im tsháu poo
大雨若來淹草埔

註解：陽曆五月六日或七日為立夏，立夏當天沒下雨當年會乾旱，沒水耕作，農民可把犁耙高掛收起來了，但小滿當日烏雲密布會帶來水氾造成災難。（立夏來到，表示從今天開始）

sì guȧh tshe sì thinn nā tshing
四月初四天若清
ngóo kok tiū bí hó siu sîng
五穀稻米好收成
lip hē hong sè khì tang pîng
立夏風勢起東爿
bān bȧt kiám siu bô bí khîng
萬物減收無米窮

註解：陰曆四月四日當天天晴無雲，今年的五穀雜糧收成很好。注意立夏當天的風勢從東邊起，今年萬物都會減收，造成農民困擾。

bīng hē oo hûn tà bē khui
孟夏烏雲罩袂開
tshut mn̂g le̍h á mua tsang sui
出門笠仔幔棕蓑
tsuí im khe lâu kàu tuā thuí
水淹溪流到大腿
tiū á bē hù thang pá suī
稻仔袂赴通飽穗

註解：在孟夏這個季節內，烏雲滿天，暗示會下大雨，出門要
準備雨具，而且溪水會暴漲，有山崩或土石流的災害，田裡的
稻穗未飽滿就被水沖走了。

tuan iông ū hōo hong siu nî
端陽有雨豐收年
hē tsì ū hōo tsāi tshiu pinn
夏至有雨在秋邊
pû á kim tsiam gâu huat ínn
匏仔金針勢發穎
liông hê pue oo tsāi káng pinn
龍蝦飛烏在港邊

註解：端陽又稱端午，陰曆五月五日，今天有雨豐收年，夏
至（陽曆六月二十一日或二十二日）當天若有雨收穫期在近秋
時，夏至種匏仔、金針好時機，漁民龍蝦、飛烏在港邊。（肉
粽節這天，為紀念古代愛國詩人屈原投汨羅江，以身殉楚國的
種種事蹟。）

sì--guėh bông tsíng nā lȯh hōo
四月芒種若落雨
gōo--guėh tō ē bô ta thôo
五月就會無焦塗
sì guėh tshe peh nā lȯh hōo
四月初八若落雨
ē lȯh kàu gōo guėh tshe gōo
會落到五月初五

註解：陽曆六月七日或八日為芒種，俗稱「四月芒種雨，五月無焦塗」指芒種當天下雨會一直下到五月份，而四月初八若下雨會一直下到五月五日端午節「四月八落到五月節」。

hē tsì hong tsiông sai pak khí
夏至風從西北起
tshân hn̂g kua kó bē huat ínn
田園瓜果袂發穎
gōo--guėh bông tsíng kàu hē tsì
五月芒種到夏至
kó hn̂g suāinn á tō lȯh tì
果園檨仔就落蒂

註解：夏至當天風從西北發起，田園的瓜果不會發芽，指夏至有西北風栽種瓜果比較不利。而五月芒種到夏至這段期間芒果就近收成的尾聲了。（夏至為陽曆六月二十一或二十二日）

hē tsì bô kuè m̄ guān juáh
夏至無過毋願熱
tang tseh bē kuè m̄ guān kuânn
冬節袂過毋願寒
hē tsì jû kó tshiūnn tshun thinn
夏至如果像春天
nā beh lóh hōo tsāi tshiu pinn
若欲落雨在秋邊

註解：還沒真正到夏至還不能說夏天，有時還有寒意，俗語說
「袂食五月節粽，破裘毋願放」，冬至未過不能言寒，夏至如
果像春天，盼下雨要等到秋天。

làk gueh tsàp káu but tsóo senn
六月十九佛祖生
tuā só tik ko sann pháinn nê
大嫂竹篙衫歹晾
tshe sann liông bó kà kiánn jit
初三龍母教囝日
kīn hái thó liàh khah tiâu tit
近海討掠較條直

註解：陰曆六月古稱荔月，是夏季最熱的月令六月十九日為觀
音佛祖得道日，當天常有陰雨的狀況，晒衣服不方便。六月初
三為龍母教囝日，漁民近海捕魚較為安全。

lák guėh tshe sann nā ū hōo
六月初三若有雨
ē lóh kàu peh guėh tsáp gōo
會落到八月十五
lák guėh tshe lák tú tiȯh hōo
六月初六拄著雨
kin nî tang bué kāu sng lōo
今年冬尾厚霜露

註解：陽曆七月七日或八日為小暑，民間傳說六月初三如果下
雨，會一直下到中秋八月十五日，六月初六下雨的話年尾會常
遇到下霜的現象。

kuì hē thinn khì juáh bô kàu
季夏天氣熱無夠
tuā tsuí hong thai liâm mi kàu
大水風颱連鞭到
iām juáh nā tī tuā siáu sú
炎熱若佇大小暑
nāi guėh tsún ū luî tsūn ù
荔月準有雷陣雨

註解：陰曆六月古代中國有避暑的習俗，季夏天氣不夠熱，預
測大風大雨隨即而到，大暑跟小暑，這兩天天氣酷熱的話，整
個月都會有雷陣雨。

jī kî tiū tsok siú khì hāu
二期稻作守氣候
tsuè hó tshiu tsîng tuā sú āu
最好秋前大暑後
tāi sú lâm pōo tsìng tshài tāu
大暑南部種菜豆
khui hue puh gê senn tsiok kāu
開花發芽生足厚

註解：二期稻作最好的季節在立秋前大暑後，大暑南部種菜豆最得宜，而且發芽很快，先民的智慧農民不妨可以嘗試。（陽曆七月二十三或二十四日為大暑）

lông lik lak--gueh tō lip tshiu
農曆六月就立秋
tiū kok tioh ài kuánn kín siu
稻穀著愛趕緊收
nā sī tshit--gueh lâi lip tshiu
若是七月來立秋
thinn khì iām juah bē un jiû
天氣炎熱袂溫柔

註解：立秋有時候會出現在六月，如果六月立秋有稻穀的作物要提早收成，因為會遇到變天，但七月立秋天氣會顯得炎熱。（立秋這個節氣有時在陰曆七月頭，有時在六月尾，陽曆八月八日或九日。）

lip tshiu bô hōo sim tam iu
立 秋 無 雨 心 擔 憂
bān bu̍t tsiông lâi tsi̍t puànn siu
萬 物 從 來 一 半 收
tshù sú lo̍h hōo pháinn póo kiù
處 暑 落 雨 歹 補 救
sui jiân kiat kó iā lân liû
雖 然 結 果 也 難 留

註解：立秋當天沒下雨農民憂，天氣不穩定，萬物只收成一半，陽曆八月二十三或二十四日屬處暑，處暑當天有下雨也難補救，因為有結果也不扎實，白忙一場。

lip tshiu hit ji̍t luî nā tân
立 秋 彼 日 雷 若 霆
bô tshái kuānn tsuí tih lo̍h tshân
無 彩 汗 水 滴 落 田
lip tshiu bô hûn thinn nā tsîng
立 秋 無 雲 天 若 晴
lông bâng tshái siu bô tshing îng
農 忙 採 收 無 清 閒

註解：立秋當日若雷打不停，農民汗水白費工，萬物半收。立秋當日天晴無雲，表示本季豐收期。俗語說「立秋無雨上堪憂，立秋晴一日，農夫不費力」。

làk--guèh lip tshiu lông bîn iu
六月立秋農民憂
nā ū tsok bùt tiòh kín siu
若有作物著緊收
tshit--guèh lip tshiu tshiu āu liû
七月立秋秋後留
tshiu āu pòo tshân bô tshik siu
秋後佈田無粟收

註解：六月立秋農民擔憂，若有作物要趕快收成，七月立秋要
秋後留，秋後插秧不會有好收成，「六月立秋快快收，七月立
秋慢悠悠」。

tseh khuì nā sī kàu tshiu hun
節氣若是到秋分
mê jit pênn tn̂g tiòh tuì pun
暝日平長著對分
tshiu hun thinn tsîng bô oo hûn
秋分天晴無烏雲
ngóo kok hong siu bān bùt sūn
五穀豐收萬物順

註解：八月令為桂月、仲秋、節氣來到秋分，南北兩半球晝夜
均分，秋分當天天晴無雲，暗示五穀豐收，瓜果作物皆順，
「秋分天氣白雲多，到處歡歌好晚禾」。

âng khī sîng sik nā tshut thâu
紅柿成熟若出頭
lô hàn kha tō ba̍k sái lâu
羅漢跤就目屎流
tshiu hun tong ji̍t luî tiān kàu
秋分當日雷電到
kuè nî bí kè tāng tshìn thâu
過年米價重秤頭

註解：八月紅柿採收時表示漸進寒冬，「一場秋雨一場寒，十場秋雨好穿棉」、「紅柿若出頭，羅漢跤著目屎流」（台語）。羅漢跤是指沒結婚的男士。得不到寒冬的溫暖，秋分如果雷閃電，過年米價就顯的貴多了。

tshiu hun thinn khì pe̍h hûn to
秋分天氣白雲多
tò tshù huan ko tshng muá hô
到處歡歌倉滿禾
siōng kiann tshú sî luî tiān kàu
上驚此時雷電到
tang bué bí kè tō jû hô
冬尾米價道如何

註解：陽曆九月二十三或二十四日是秋分，今天天氣晴朗，意味到處充滿百穀豐收，安平盛產烏格魚，而淡水、澎湖是鱸魚。這天若是雷電交加，恐怕年底缺糧了。

peh--gueh nā ū sann tsap jit
八月若有三十日
soo tshài sing sán bē tiâu tit
蔬菜生產袂條直
tsit pái loh hōo tsit pái kuânn
一擺落雨一擺寒
tsap tiûnn tshiu ú ke phuē tuann
十場秋雨加被單

註解：八月中秋慶佳節，月圓人也圓，八月若有月大（三十日）水果蔬菜收成不利，而且每次下雨就感覺寒冷，所以中秋過後要注意保暖，外出多加衣物。（相傳元朝朱元璋八月十五晚起義，將信息傳遞藏於月餅內，聯合各路力量，最後成功攻下元大都；元大都為現今北京市市區。）

kuì tshiu káu--gueh sng hong kàng
季秋九月霜風降
tshàu thâu tō ē pê kah khàng
臭頭就會扒佮控
káu gueh tshe it sng hong kàng
九月初一霜風降
tiông iông bô hōo tsîng hûn pàng
重陽無雨晴雲放

註解：時序進入農曆九月，寒露霜降，會讓天氣加清涼，菊花在此時節盛開，故稱「菊月」，九月初一如果霜風降臨，重陽節當天不會下雨，晴空的天氣。

lâng kóng káu guèh káu nah jit
人 講 九 月 九 燴 日
hân bān tsa bóo lí bē tit
預 顢 查 某 領 袂 直
bô îng thâu tsang tiàu piah khit
無 閒 頭 鬃 吊 壁 杙
jit thâu bô kha ē senn sit
日 頭 無 跤 會 生 翼

註解：進入九月漸入日短夜長，農家婦女忙不過來，白天如閃
電一般。手腳較不靈活的媳婦，沒空梳頭髮，屋內打理不清，
讓人憂慮，感到白天特別短暫，時間不夠用。

hân lōo nā sī to hōo tsuí
寒 露 若 是 多 雨 水
tshun kuì tō bē tsò tuā tsuí
春 季 就 袂 做 大 水
tshe it pue sng tsok but sńg
初 一 飛 霜 作 物 損
guèh tiong ū luî tshài bē suí
月 中 有 雷 菜 袂 媠

註解：寒露如果雨水多，明年春季會有下雨的現象。初一當天
如有風霜就會損壞農作物，如果月中打雷，今年的蔬菜收成不
佳。

hân lōo tsa̍p--gue̍h sǹg tshim tshiu
寒露十月算深秋
tshân--lí tsíng be̍h ē tò kiu
田裡種麥會倒勹
hân lōo khui hue bē kiat tsí
寒露開花袂結子
sui jiân thòo suī kuah bô bí
雖然吐穗割無米

註解：陽曆十月九日或十日是寒露也算深秋，深秋種麥長不
高，雖然開花但不會結果，種稻米雖有吐穗，但穗尾朝天，收
成不好。

li̍p tang bān bu̍t nā hó siu
立冬萬物若好收
tsa bóo lâng tō huat tshuì tshiu
查某人就發喙鬚
siáu suat sng seh tà muá thinn
小雪霜雪罩滿天
mê nî pit sī hong siu nî
明年必是豐收年

註解：陰曆十月古稱陽月，而陽曆十一月七日或八日為立冬，
立冬萬物終成，假使收成好，婦女也得幫忙，無法打扮自己。
小雪當天如降霜雪，明年也是豐收的季節。(「立冬補冬，補
喙空」因為天氣寒冷，許多家庭會燉一些薑母、麻油類的食物
來進補。)

lip tang tsi jit kiann jîm sî

立冬之日驚壬時

mê nî siu sîng huì sim ki

明年收成費心機

tshú jit tu tiòh jîm tsú jit

此日拄著壬子日

ū pò thian tsai oo a thî

預報天災烏鴉啼

註解：立冬之日最怕遇到壬時，如果適逢壬時，表示明年作物白費心機、徒勞無功。立冬這天遇到任子日，預報有天災降臨。

tsáp guéh tshe gōo tiòh ài hông

十月初五著愛防

tshú jit iân hái ū hong lōng

此日沿海有風浪

hî hu tshut hái tiòh ài tòng

漁夫出海著愛擋

iân hái liáh hî mài tshenn kông

沿海掠魚莫生狂

註解：十月初五日當天要預防災害，今天沿海有風浪，漁民出海捕魚不要慌張，再等幾天。這個季節蘇澳、基隆、淡水、澎湖盛產旗魚。

siók gí kóng tsáp guéh tshe tsáp
俗語講十月初十
hong tshue tshue--lóh jip sái hák
風吹吹落入屎礐
beh óng hái pinn ài kíng kak
欲往海邊愛警覺
hái tiong kau liông jû tē gák
海中蛟龍如地獄

註解：陽曆十一月二十二日或二十三日為小雪，小雪雪滿天，來歲必豐年。農曆十月初十如果風颱不停，要往海邊或出海捕魚要提高警覺，尤其出外海要更加小心注意。（早期的廁所叫「屎礐」風吹吹落屎礐是指風颱很大，連蹲在廁所都感受得到。）

tiōng tang tshe it nā ū hong
仲冬初一若有風
khióng ū sng seh jû tsai môo
恐有霜雪如災魔
tang tseh thinn tsîng hûn khai hòng
冬節天晴雲開放
mê nî tshóo ko it phiàn hông
明年楚歌一片紅

註解：十一月令葭月，仲冬，仲冬初一若有風，恐有霜雪如災魔，冬至當天天氣晴朗，象徵明年風調雨順，一片歡樂景氣，農漁民皆大歡喜。（冬至家家戶戶吃湯圓，湯圓象徵團圓、圓滿，有「冬至大如年，吃了湯圓大一歲之說」。）

tang tseh nā tī gue̍h tiong ng
冬節若佇月中央
thinn tíng bô hûn i̍k bô sng
天頂無雲亦無霜
tang tseh tsîng āu tsa̍p ji̍t sng
冬節前後十日霜
hî bîn oo hî lia̍h muá tshng
漁民烏魚掠滿艙

註解：冬至當天剛好在月中，表示節氣不會太冷，無雲又無霜，冬至前後十天如果天氣冷而且有下霜現象，是漁民捕捉烏魚的好時機。

tiōng tang tang tseh tī gue̍h thâu
仲冬冬節佇月頭
kin nî beh kuânn tī nî tau
今年欲寒佇年兜
tang tseh nā sī tī gue̍h bué
冬節若是佇月尾
beh kuânn mê nî tsiann jī gue̍h
欲寒明年正二月

註解：俗語說「冬節佇月頭，欲寒佇年兜；冬節佇月中央，無寒佮無霜；冬節佇月尾，欲寒正二月」。冬至在月頭，欲寒在年前，冬至在月中，過年不會太冷，冬至在月尾，寒冷在過年一、二月。

tang tseh hit kang nā lo̍h hōo
冬節彼工若落雨
kuè nî uán hîng hó kiânn lōo
過年遠行好行路
tang kuì kah tsí ji̍t lo̍h hōo
冬季甲子日落雨
ti gû ke ah pó un tōo
豬牛雞鴨保溫度

註解：陽曆十二月二十二或二十三日為冬至，冬至那天如果下雨，過年就好天氣出遠門。冬季如遇甲子日又逢下雨，顯示天氣會轉冷，飼養家禽須要多加保護設備，度過寒冬。

bīng tang tshe it tang hong lâi
孟冬初一東風來
sik hông lo̍h seh ū hān tsai
適逢落雪有旱災
tshú ji̍t thinn tsîng hûn muá kài
此日天晴雲滿界
mê nî kiat siông bô thinn tsai
明年吉祥無天災

註解：十二月令、臘月、季冬、孟冬初一遇到東風而有下雪的狀態，預測有旱災，今天天空雲散，表示明年吉祥無天災。

269

làh gueh tshe sann oo ku làm

臘月初三烏龜湳

lóh hōo lóh kah jī káu àm

落雨落甲二九暗

tsáp jī gueh báu put kiàn tsháu

十二月卯不見草

khioh tshâ tsú pn̄g bē hù tsáu

抾柴煮飯袂赴走

註解：臘月初三，當天烏龜都縮在泥水中會下雨連續到月底。
又有「初一落、初二散、初三落到月半」，每逢十二月份卯時
下雨，也是細雨綿綿，連煮飯的柴都曬不乾，讓農村婦女憂心
忡忡。

tsáp jī gueh līng tāi siáu hân

十二月令大小寒

siáu hân tuā līng jîn thiok an

小寒大冷人畜安

siáu hân tuā kuânn kuì tseh kàu

小寒大寒季節到

bô hong bô iô tsuí mā kuânn

無風無搖水嘛寒

註解：陽曆一月六日或七日為小寒，一月二十或二十一日為大
寒，小寒當天非常冷表示人畜家禽都平安，當小寒大寒季節來
臨，就算天靜無風也有寒意。

tsá tshun lâm pōo tiōng liân ngāu
早春南部種蓮藕
pak pōo siōng hó âng tshài thâu
北部上好紅菜頭
tang káng oo hî liȧh lâi tàu
東港烏魚掠來鬥
tsún pū kuè nî hó tshái thâu
準備過年好彩頭

註解：季冬節氣算早春，南部宜種蓮藕，北部則是紅蘿蔔，東港烏魚還是好季節，家家豐收，準備好過年。（春節在陽曆一月二十一至二月二十一之間，農曆過年有時會延到元宵節正月十五日，俗稱小過年。）

作者簡介

1949年	出生於臺南市龍崎區，筆名若龍
1994年	首創竹編彩繪（內政部文字著作41570號）
1995年	臺南、臺東縣文化中心個展當選臺南縣模範農民高雄、彰化文化中心個展
1997年	苗栗文化中心個展代表龍崎鄉農會參加民藝華會獲頒精緻農產「特優等」獎
1998年	入選臺南縣十大傑出農民入選臺灣地方工藝特色展
1999年	入選全國社區總體營造特色展
2000年	作品「偷食」入選臺灣美家圖鑑臺南縣立文化局南區活動中心個展
2003年	臺南縣立文化局南區活動中心個展
2004年	臺南國立社教館個展
2004-2010年	臺南龍崎牛埔泥岩教學園區台語四句聯解說、點閱率兩百萬人次
2005-2008年	紅瓦厝藝術協會會員、理事、監事、顧問；牛埔文創工作室負責人、牛埔在地文化展示館四

句聯解說員；電視「仙仔聯新聞」主講。農委會水土保持局優良義工獎。擔任龍崎石梯代天府主任委員14年

2012年　　　獲邀北美地區臺灣傳統週文化交流展演19場

2020年　　　臺南市龍崎區石梯代天府榮譽主委

崑山科技大學樂齡講師

　　著作：《臺灣鄉土四句聯》五輯、《臺灣四句寶典》五輯、《草地博士》畫冊一輯。《好話一牛車——臺灣勸世四句聯》一輯。八仙助發圖（內政部美著作權12682號）。武財神（內政部美著作權43671號）

作者感言

　　美麗的花蕊，總是愛有人去薅草沃水，看花的人，難免攏會呵咾幾句阿。毋過，栽培辛苦的過程，往往攏較袂上鏡頭的，佇科技進步中，一寡少年人對傳統生存的方式佮文化，早著被搖佇九霄雲外，無啥人欲插了。

　　佇繁華奢侈的社會當中，嘛閣有無仝款的（痟的）守護著先人的智慧，向下生根發葉傳湠，甚至開花結果，但，這個果實敢會適合大眾的口味，猶著靠運氣，沉迷創作的朋友無定著也有這款的感受才對。創作：除了興趣佮毅力以之外，厝內的人是上大的原動力，尤其是牽手鼓勵，予我無後顧之憂，若無著半途而廢，前功盡棄矣。

　　每當噗仔聲若響起，逐家歡喜樂暢的時陣，過去厝內亂操操，一頓久久，兩頓相拄，別人指指揬揬的日子，著曷若過往雲煙，增加我堅強而已。著親像黃文博校長所講：先為生活而創作，最後以創作而生活，佇這塊土地，活得自在，嘛會當鼻出台灣母語文化的芳味。

臺南作家作品集 72（第十一輯）
04　　好話一牛車 —— 臺灣勸世四句聯

作者	林仙化
總監	葉澤山
督導	陳修程、林韋旭
編輯委員	呂興昌、李若鶯、張良澤、陳昌明、廖淑芳
行政編輯	何宜芳、陳慧文、申國艷

總編輯	林廷璋
主編	張立雯
封面設計	陳文德

出版	臺南市政府文化局
地址	永華市政中心：70801 臺南市安平區永華路 2 段 6 號 13 樓
	民治市政中心：73049 臺南市新營區中正路 23 號
電話	06-6324453
網址	https://culture.tainan.gov.tw

卯月齋商行

地址	10444 臺北市中山區中山北路一段 56 巷 2 之 1 號 2 樓
電話	02-25221795
網址	https://www.facebook.com/enkabunko
讀者服務信箱	enkabunko@gmail.com

印刷	合和印刷有限公司
法律顧問	華洋法律事務所 蘇文生律師
定價	新台幣 300 元
初版一刷	2021 年 12 月

版權所有，不得轉載、複製、翻印，違者必究　如有缺頁或破損，請寄回更換

GPN：1011001981｜臺南文學叢書 L146｜局總號 2021-648

國家圖書館出版品項目編目（CIP）資料

好話一牛車 —— 臺灣勸世四句聯／林仙化著 . -- 初版 . -- 臺北市：卯月齋商行；臺南
市：臺南市政府文化局, 2021.12
　面；　公分 . --（臺南作家作品集 . 第十一輯；72）
ISBN 978-626-95414-4-7（平裝）

863.51　　　　　　　　　　　　　　　　　　　　　　　　　　　110019547

臺南作家作品集全書目